鄭煌榮——著

詩詞吟唱創作專集

五南圖書出版公司 印行

作者簡介

鄭煌榮

學歷

國立屏東大學（原省立屏東師專）畢業

國立成功大學中文系畢業

中國醫藥大學（八十年中特班結業）

經歷

小學教師十九年

中醫師三十年（天仁中醫診所院長）

省立台南一中國樂社指導老師

台南市文化中心青少年國樂團指導老師

台南市立教師國樂團負責教師

台南市立民族管弦樂團總幹事

台南市民族音樂學會常務理事

台灣南區大專院校國樂研習營指導老師

台灣中醫男科學會一、二、三屆理事

台南市鳳凰詩詞吟唱社社長

台灣文學館漢詩繪本（三）、（四）、（五）集詩詞吟唱譜創作及編曲

鄭煌榮新閩南語音標暨漢音研究室FB粉專

著作

《漢音注音符號系統——閩南語篇》

《詩詞吟唱創作專集》

《詩詞吟唱選集》

自序

本詩詞吟唱譜專集，為余所創作之詩詞譜，以供台南市鳳凰詩詞吟唱社雅集之補充教材。其中創作詩譜十六首，詞譜十三首，小琉球漁歌記譜二首、創作一首。

第二部分為中古漢音注音，共計十九首。第三部分為台灣文學館台灣漢詩繪本（三）（四）（五）集，余所編曲及創作之詩譜共計三十首，其中含中古漢音注音。此吟唱詩譜除大人吟唱外，主要為推廣至中、小學學生詩歌吟唱。此三本繪本漢詩吟唱，是與台南大學莊雅雯老師共同策劃。所配曲及編曲皆源於古詩譜、古曲、戲曲或余所創作詩譜中，來取材編配，一部分為重新創作。

為推廣詩歌教學，讀者可透過台灣文學館網站聆賞詩歌吟唱或洽台灣文學館購買台灣漢詩繪本。余詩詞創作部分，請進入「鄭煌榮新閩南語音標暨漢音研究室FB粉專」聆賞之，或直接搜尋YouTube聆賞。認識本漢音注音，則請洽五南圖書出版公司，余著《漢音注音符號系統——閩南語篇》。

鄭煌榮　謹識于府城
2023.6.9

目　錄

詩　詞

漢音注音

台灣漢詩

詩　詞

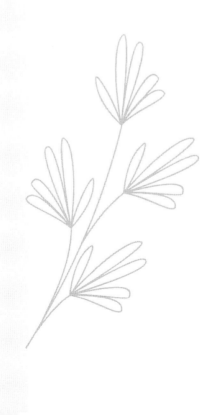

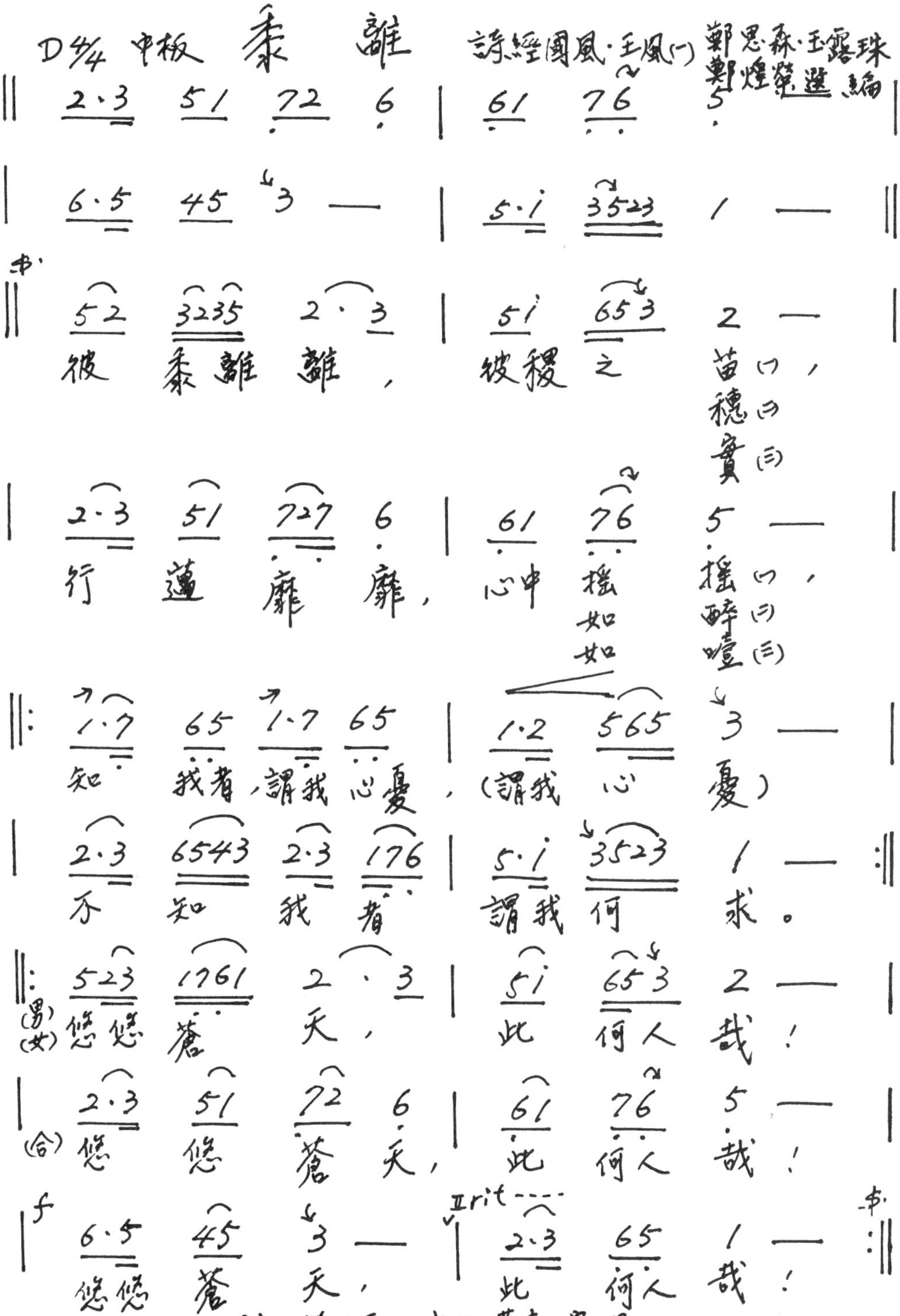
D 4/4 中板 黍離 詩經國風·王風(一)
鄭思森·王露珠
鄭煜榮 選編
彼黍離離，彼稷之苗(一)，穗(二)，實(三)
行邁靡靡，心中搖(一)，如醉(二)，如噎(三)
知我者，謂我心憂，(謂我心憂)
不知我者謂我何求。
(男)(女)悠悠蒼天，此何人哉！
(合)悠悠蒼天，此何人哉！
悠悠蒼天，此何人哉！

註：華語、中古漢音演唱

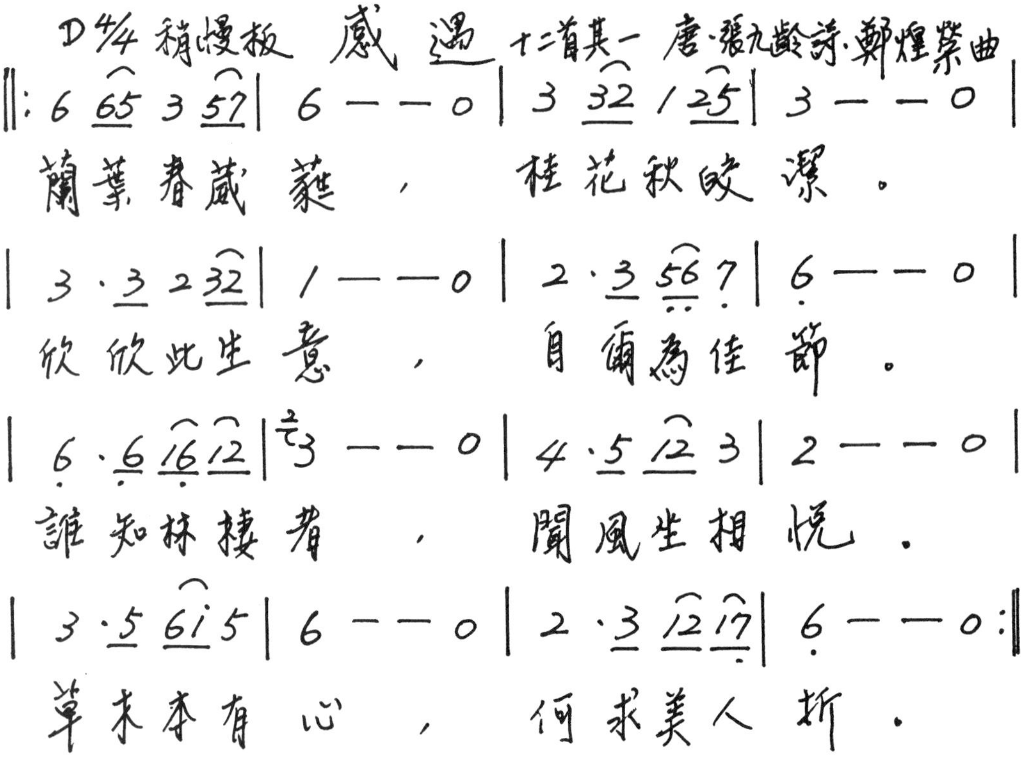

D 4/4 稍慢板　感遇　十二首其一　唐·張九齡詩·鄭煌榮曲

```
‖: 6  65  3  57 | 6 — — 0 | 3  32  1  25 | 3 — — 0 |
```
蘭 葉 春 葳 蕤 ，　　桂 花 秋 皎 潔 。

```
| 3· 3  2  32 | 1 — — 0 | 2· 3  56  7 | 6 — — 0 |
```
欣 欣 此 生 意 ，　　自 爾 為 佳 節 。

```
| 6· 6  16  12 | 3 — — 0 | 4· 5  12  3 | 2 — — 0 |
```
誰 知 林 棲 者 ，　　聞 風 坐 相 悅 。

```
| 3· 5  61  5 | 6 — — 0 | 2· 3  12  17 | 6 — — 0 :‖
```
草 木 本 有 心 ，　　何 求 美 人 折 。

註：華語、中古漢音吟唱。

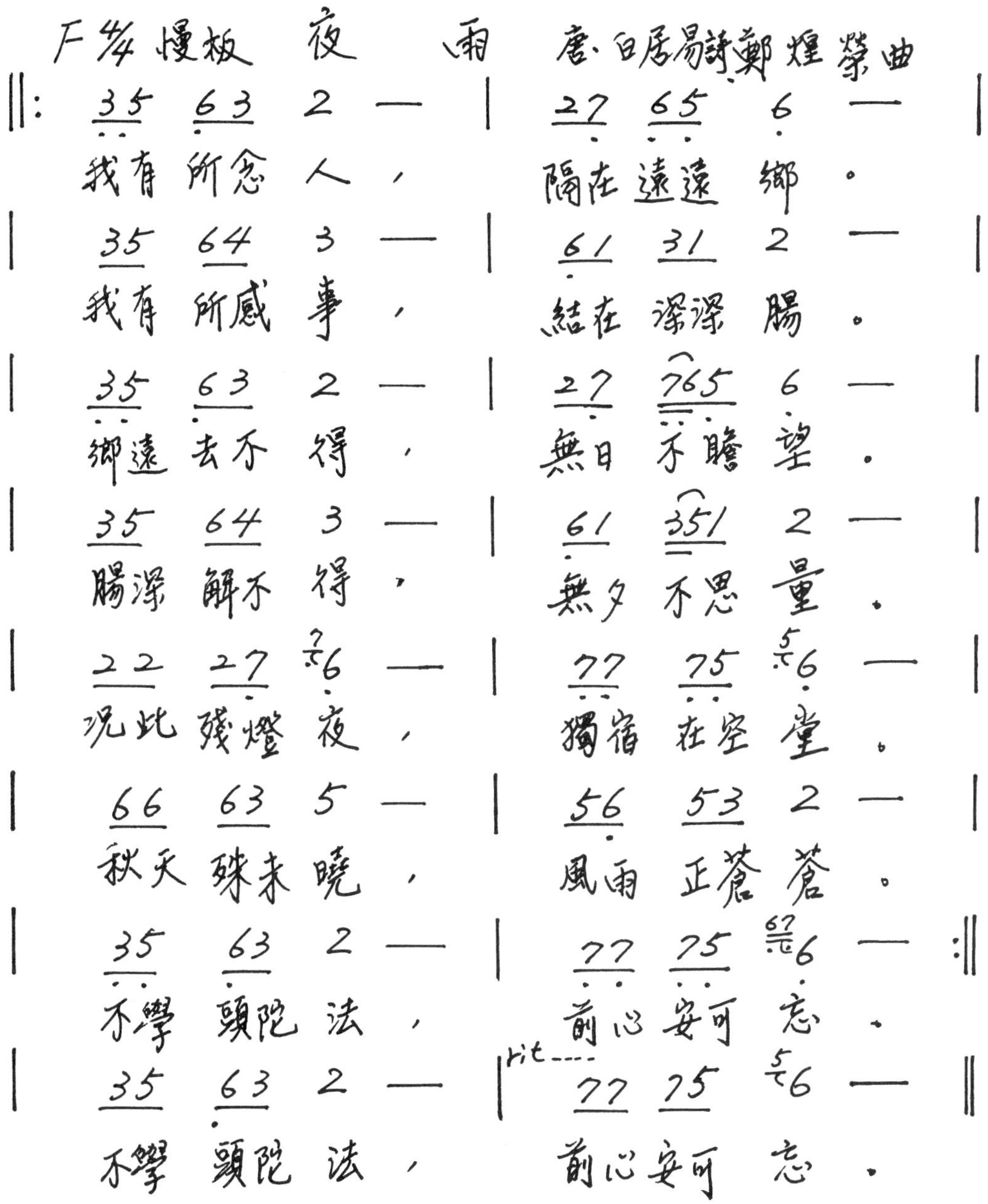

F 4/4 慢板　　夜　　雨　　　唐 白居易詩 鄭煒榮曲

```
||:  35  63  2  —  |  27  65  6.  —  |
     我有 所念 人  、   隔在 遠遠 鄉  。

     35  64  3  —  |  61  31  2  —  |
     我有 所感 事  、   結在 深深 腸  。

     35  63  2  —  |  27  765  6  —  |
     鄉遠 去不 得  、   無日 不瞻  望  。

     35  64  3  —  |  61  351  2  —  |
     腸深 解不 得  、   無夕 不思  量  。

     22  27  6  —  |  77  75  6  —  |
     況比 殘燈 夜  、   獨宿 在空 堂  。

     66  63  5  —  |  56  53  2  —  |
     秋天 殊未 曉  、   風雨 正蒼 蒼  。

     35  63  2  —  |  77  75  6  —  :||
     不學 頭陀 法  、   前心 安可 忘  。

                       rit----
     35  63  2  —  |  77  75  6  —  ||
     不學 頭陀 法  、   前心 安可 忘  。
```

註:華語、中古漢音讀唱.

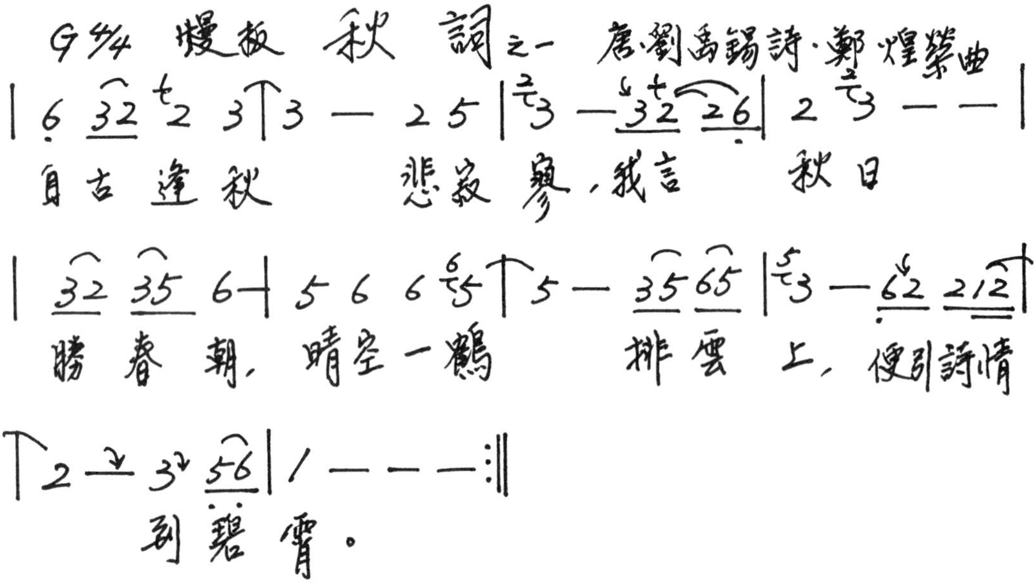
G 4/4 慢板 秋詞之一 唐·劉禹錫詩·鄭煌榮曲
自古逢秋悲寂寥，我言秋日
勝春朝，晴空一鶴排雲上，便引詩情
到碧霄。

註：華語、中古漢音

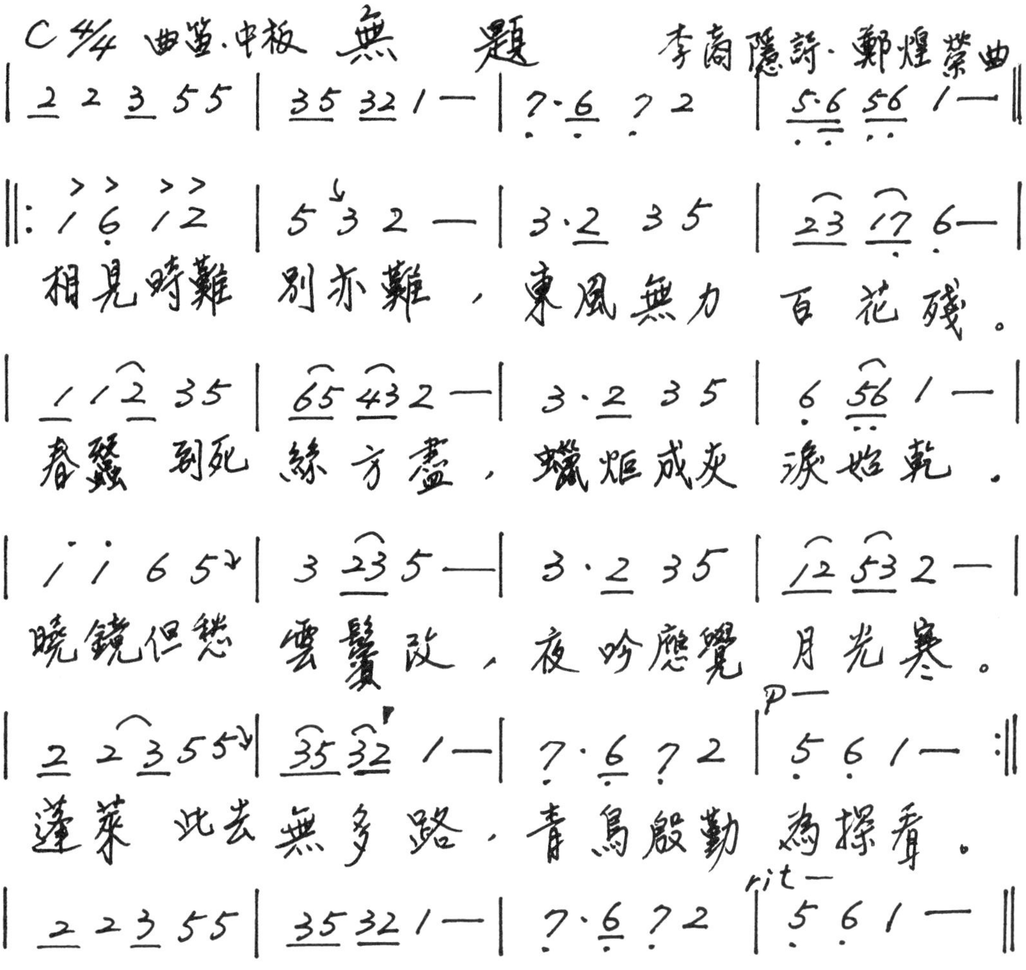

C 4/4 曲笛.中板　　無　　題　　　　　李商隱詩．鄭煌榮曲

$$\| \underline{2}\ 2\ \underline{3}\ 5\ 5 \mid \underline{35}\ \underline{32}\ 1\ — \mid 7\cdot\underline{6}\ 7\ 2 \mid \underline{5\cdot6}\ \underline{56}\ 1\ — \|$$

$$\|: 7\ \underline{6}\ 7\ 2 \mid 5\ 3\ 2\ — \mid 3\cdot\underline{2}\ 3\ 5 \mid \underline{23}\ \underline{17}\ 6\ — \mid$$
相見時難　別亦難，東風無力　百花殘。

$$1\ \underline{2}\ 3\ 5 \mid \underline{65}\ \underline{43}\ 2\ — \mid 3\cdot\underline{2}\ 3\ 5 \mid 6\ \underline{56}\ 1\ — \mid$$
春蠶　到死　絲方盡，蠟炬成灰　淚始乾。

$$1\ 1\ 6\ 5\ 2 \mid 3\ \underline{23}\ 5\ — \mid 3\cdot\underline{2}\ 3\ 5 \mid \underline{12}\ \underline{53}\ 2\ — \mid$$
曉鏡但愁　雲鬢改，夜吟應覺　月光寒。

$$\underline{2}\ 2\ \underline{3}\ 5\ 5 \mid \underline{35}\ \underline{32}\ 1\ — \mid 7\cdot\underline{6}\ 7\ 2 \mid 5\ 6\ 1\ — :\|$$
蓬萊　此去無多　路，青鳥殷勤　為探看。

$$\underline{2}\ 2\ \underline{3}\ 5\ 5 \mid \underline{35}\ \underline{32}\ 1\ — \mid 7\cdot\underline{6}\ 7\ 2 \mid 5\ 6\ 1\ — \|$$

註：華語、中古漢音吟唱。

C 4/4 中板　禾熟　宋、孔平仲詩、鄭煌榮曲

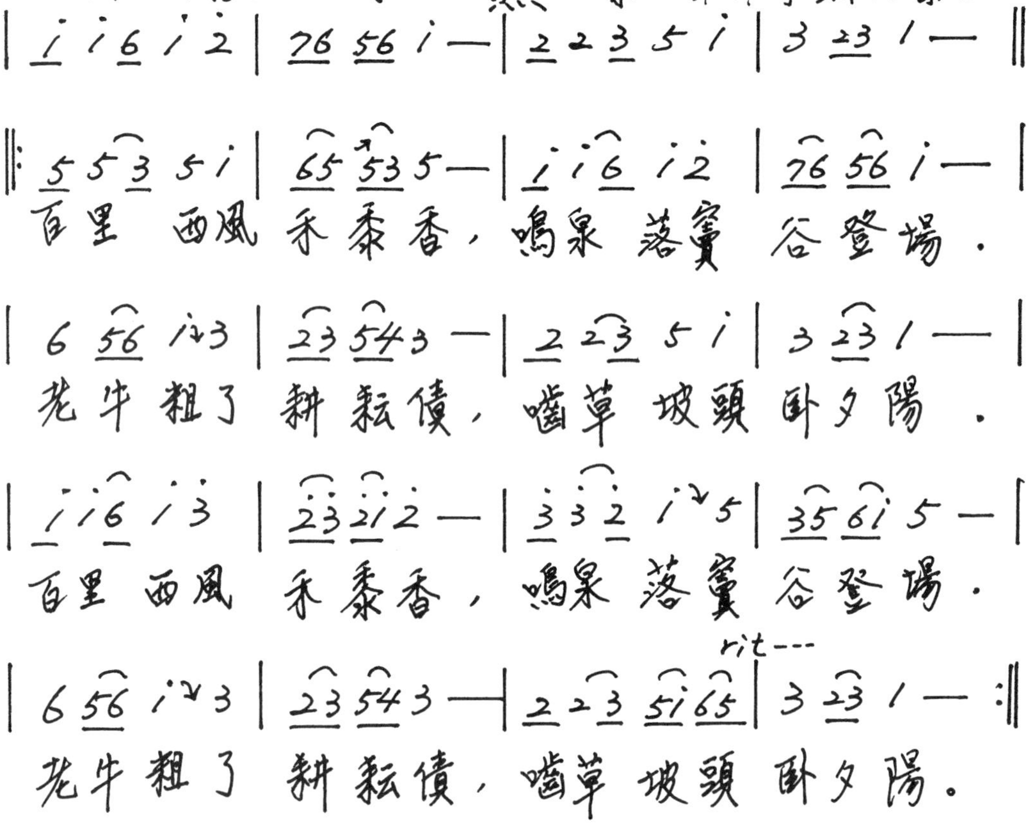

百里西風禾黍香，鳴泉落竇谷登場。
老牛粗了耕耘債，嚙草坡頭臥夕陽。
百里西風禾黍香，鳴泉落竇谷登場。
rit---
老牛粗了耕耘債，嚙草坡頭臥夕陽。

註：華語、中古漢音吟唱。

G 4/4 慢板 小池 宋·楊萬里詩·鄭煒棠曲

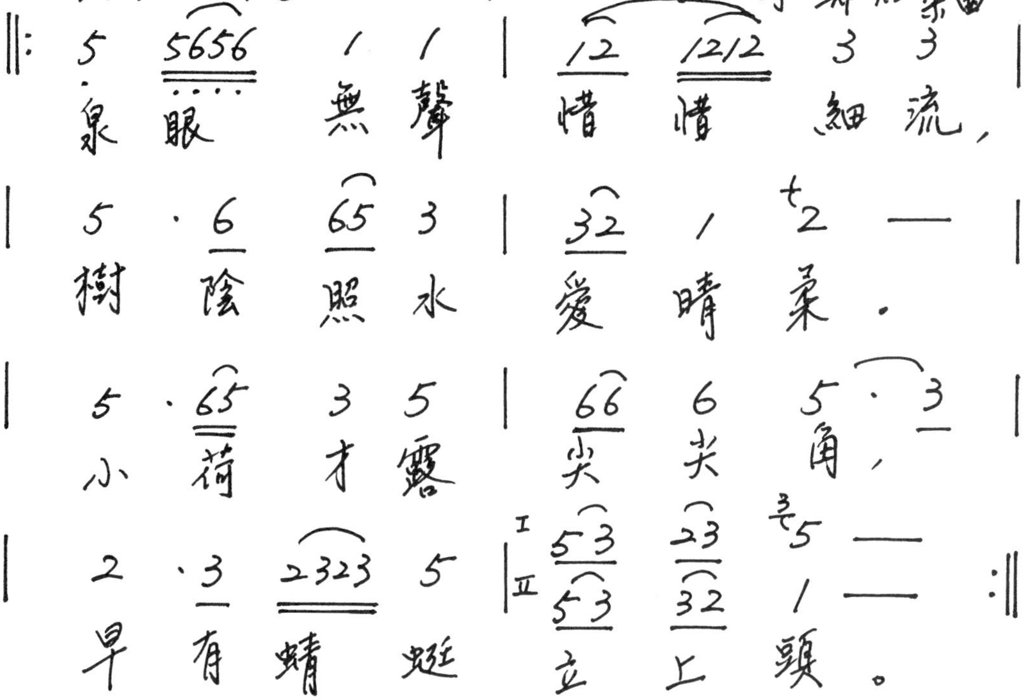

泉眼無聲惜惜細流，
樹陰照水愛晴柔。
小荷才露尖尖角，
早有蜻蜓立上頭。

註：華語、中古漢音吟唱。

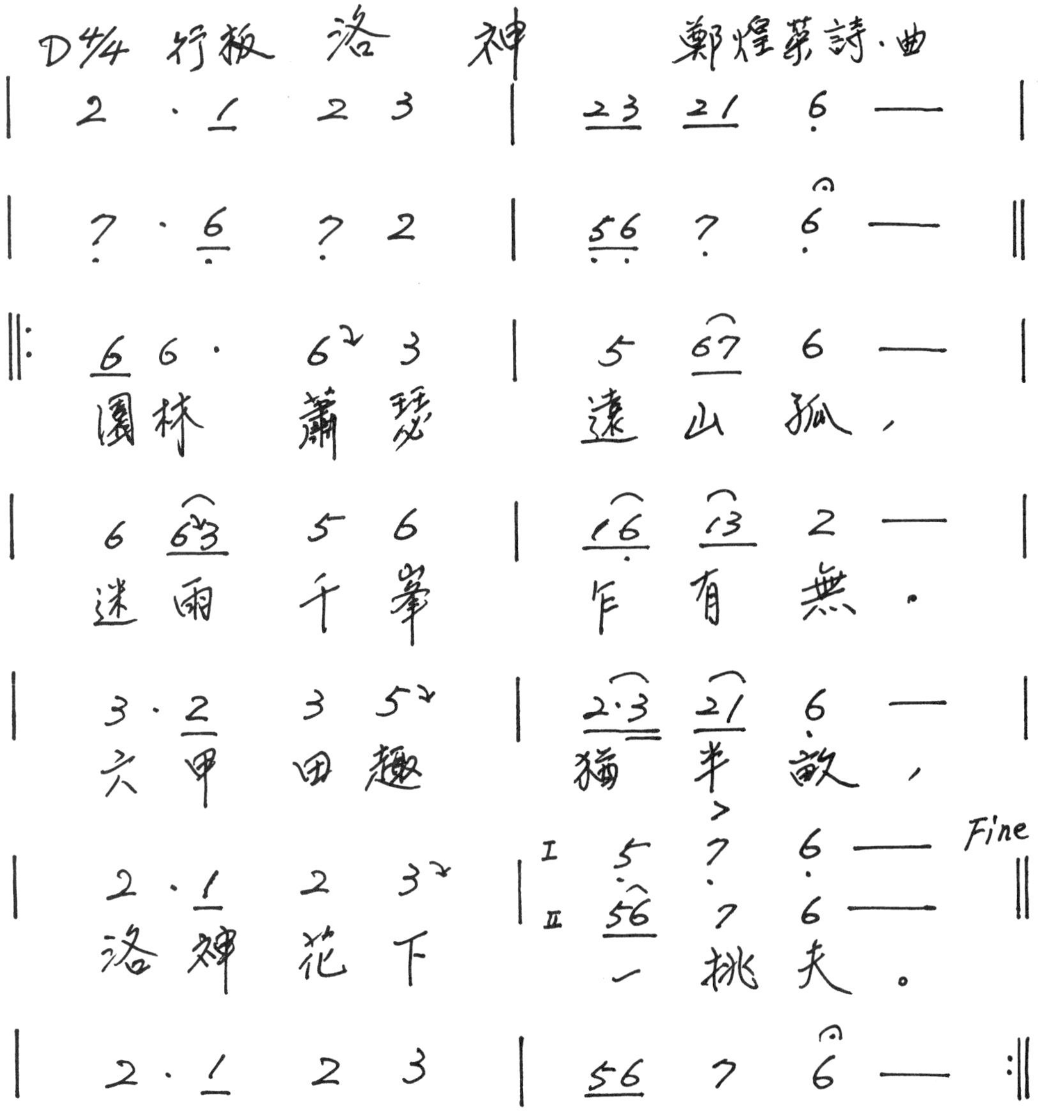

註：華語、中古漢音吟唱。

C 4/4 中板　風箏　郭修賢詩．鄭煌榮曲

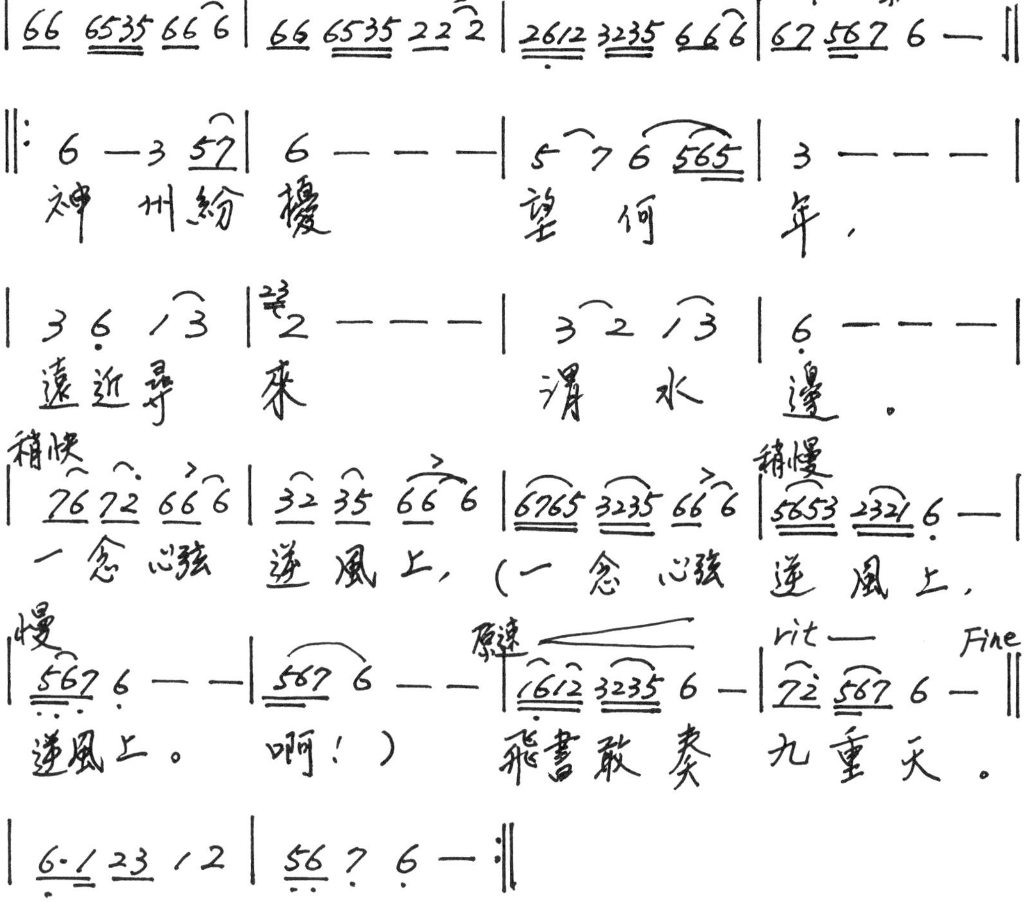
神州紛擾 望何年，
遠近尋來 渭水邊。
稍快
一念心弦 逆風上，（一念心弦 逆風上，
稍慢
慢
逆風上。啊！）
原速
rit
Fine
飛書敢奏 九重天。

註：華語、中古漢音吟唱。

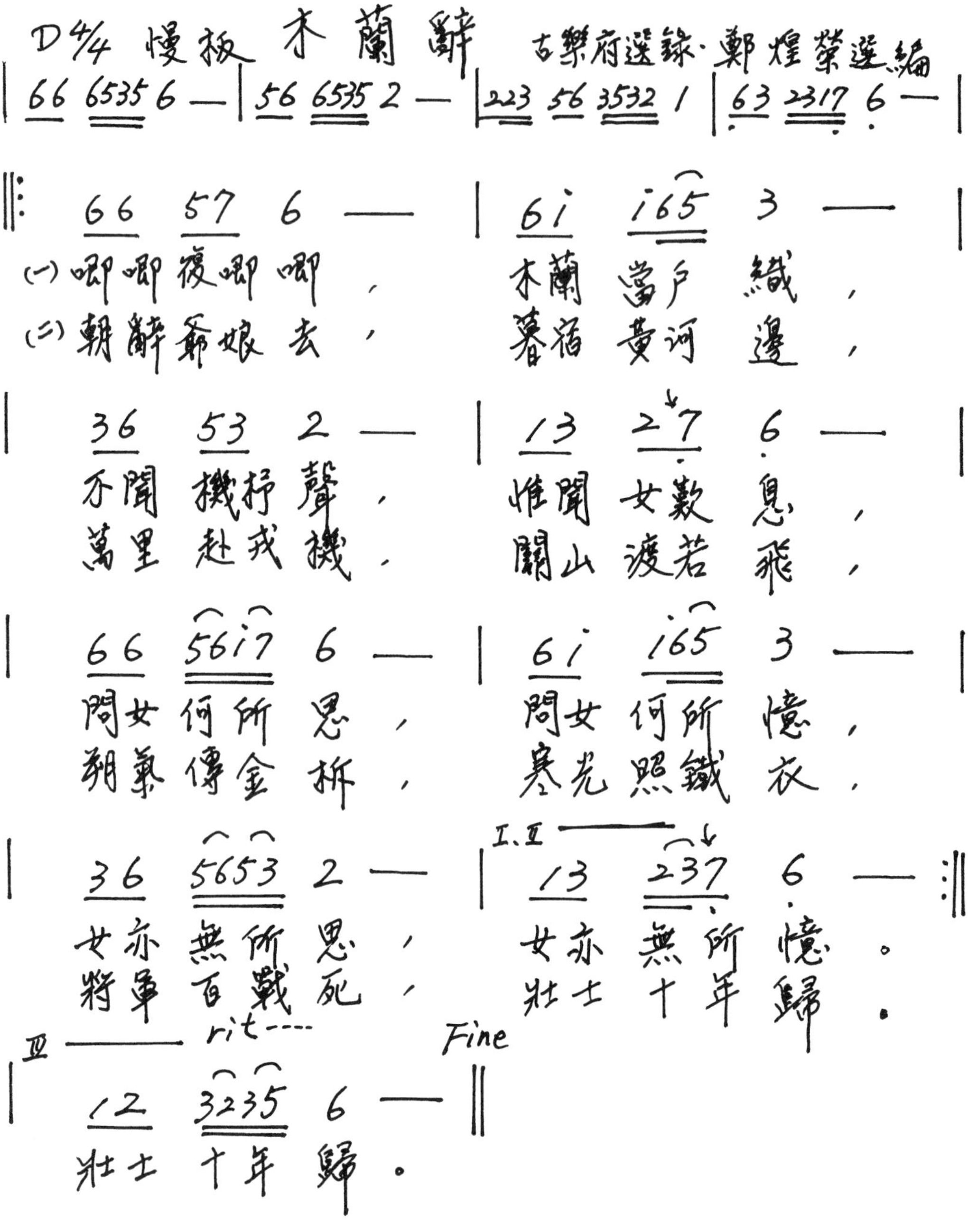

D 4/4 慢板 木蘭辭　　古樂府選錄·鄭煌榮選編

| 66 6535 6 － | 56 6535 2 － | 223 56 3532 1 | 63 2317 6 － |

‖: 66 57 6 － | 6i i65 3 － |

(一) 唧唧復唧唧　　　木蘭當戶織，

(二) 朝辭爺娘去，　　暮宿黃河邊，

36 53 2 － | 13 2ᵛ7 6 － |

不聞機杼聲，　　惟聞女歎息。

萬里赴戎機，　　關山渡若飛，

66 56i7 6 － | 6i i65 3 － |

問女何所思，　　問女何所憶，

朔氣傳金柝，　　寒光照鐵衣，

36 5653 2 － | ⌐Ⅰ.Ⅱ──── 13 237 6 － :‖

女亦無所思，　　女亦無所憶。

將軍百戰死，　　壯士十年歸

⌐Ⅱ────　　rit----　　　　Fine

12 3235 6 － ‖

壯士十年歸。

註：古漢音演唱 (一)(二)(三)

C 4/4 中板　金縷衣　七言樂府　杜秋娘詩·鄭煜榮曲

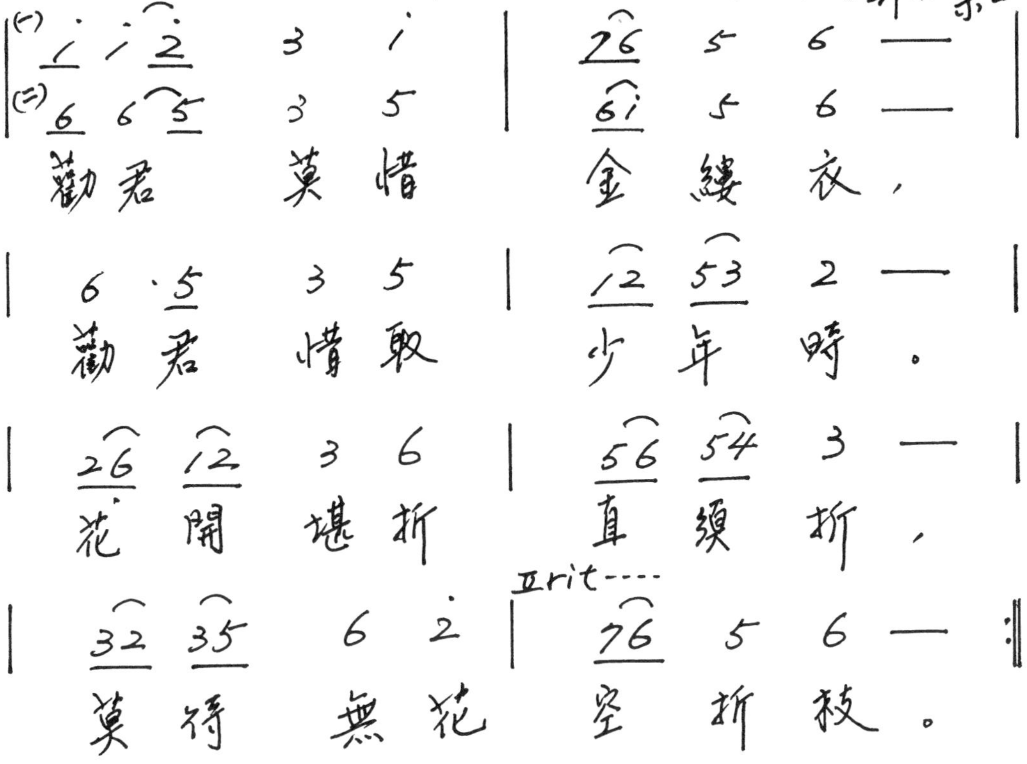

勸君莫惜金縷衣，
勸君惜取少年時。
花開堪折直須折，
rit----
莫待無花空折枝。

註：華語、中古漢音演唱。

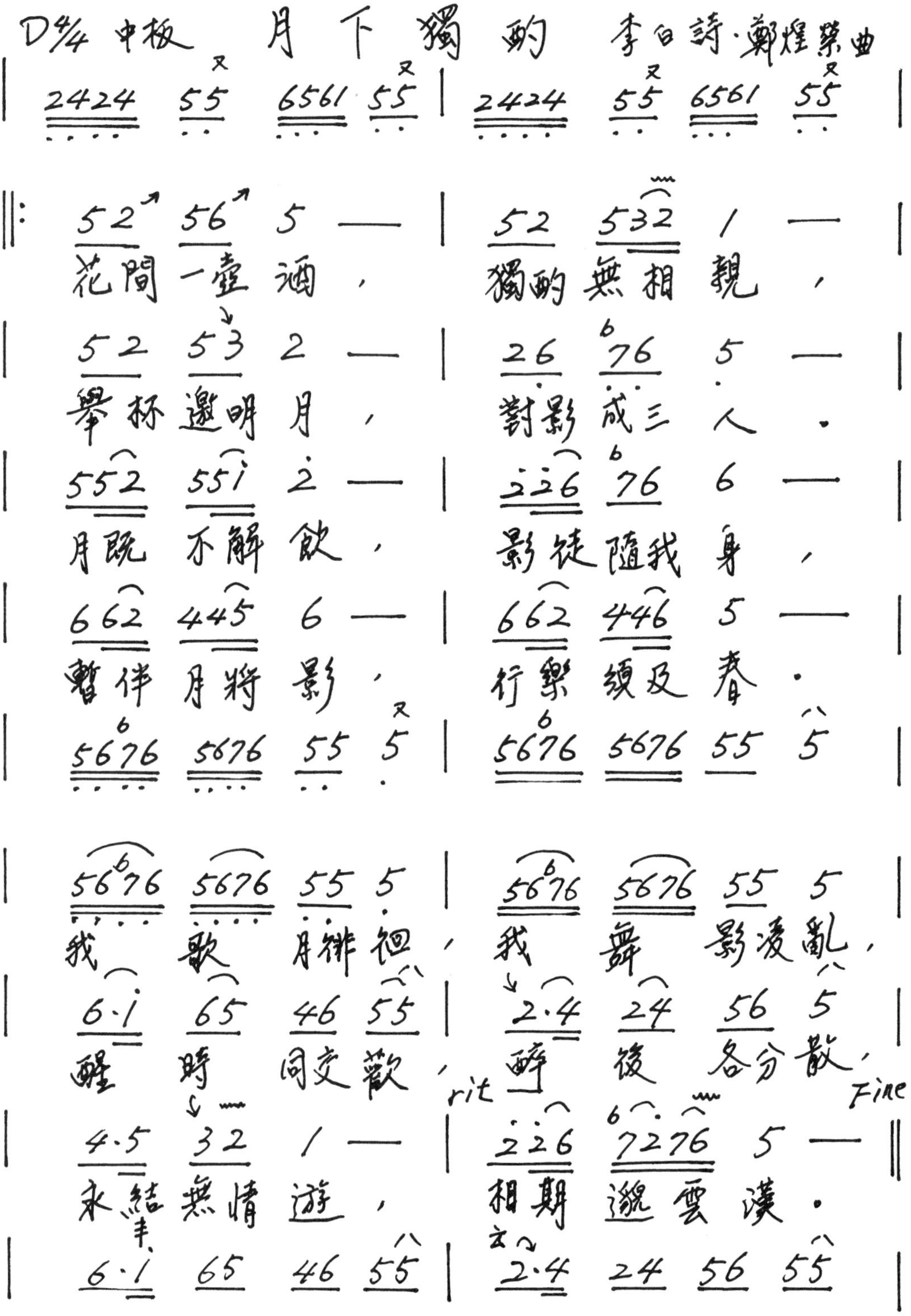
D 4/4 中板
月下獨酌
李白詩
花間一壺酒，
獨酌無相親，
舉杯邀明月，
對影成三人。
月既不解飲，
影徒隨我身，
暫伴月將影，
行樂須及春。
我歌月徘徊，
我舞影凌亂，
醒時同交歡，
醉後各分散，
rit
Fine
永結無情遊，
相期邈雲漢。

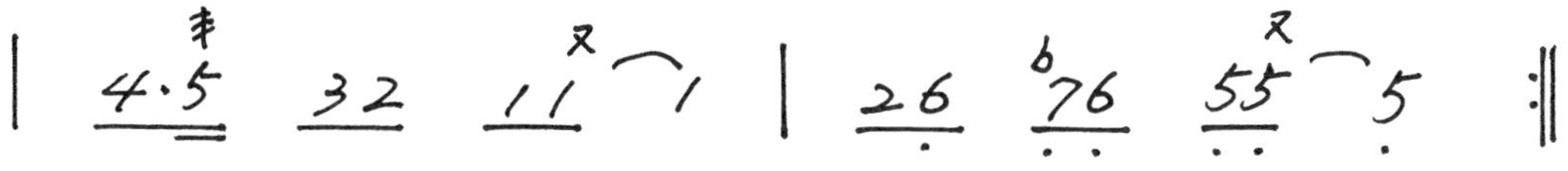

註：華語、中古漢音演唱。

D 4/4 琵琶 ♩=72 月下獨酌 鄭煌榮作曲

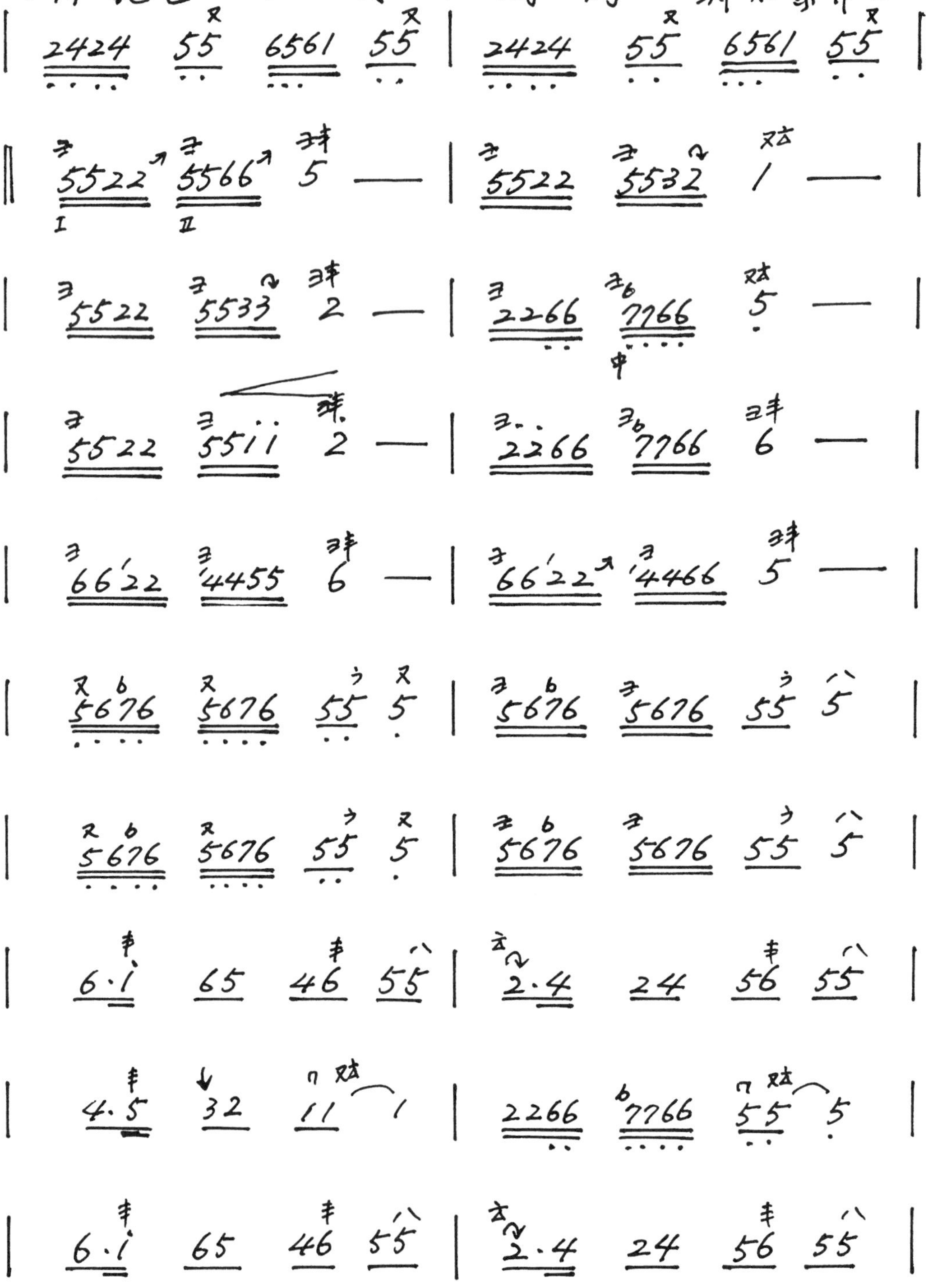

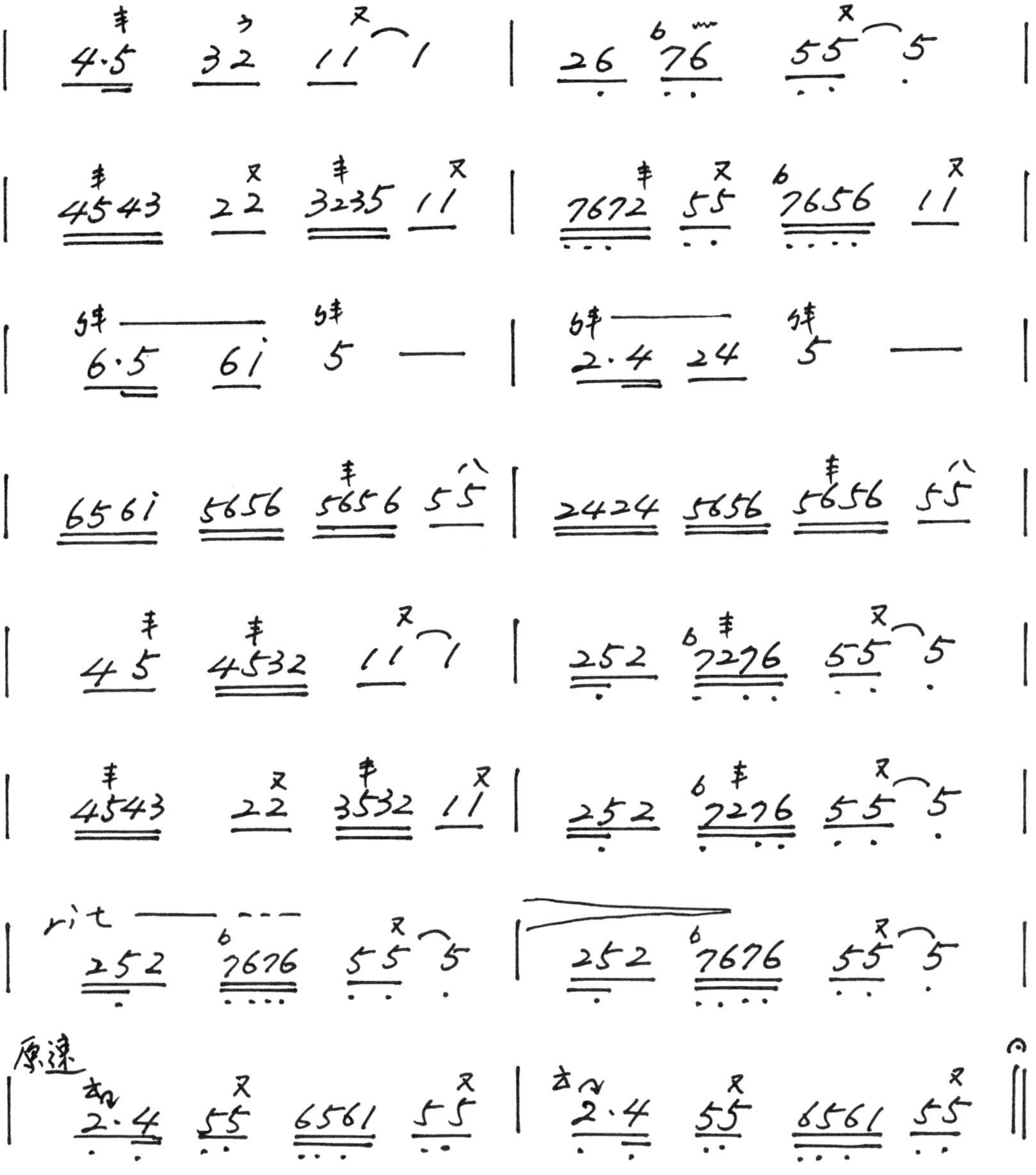
rit
原速

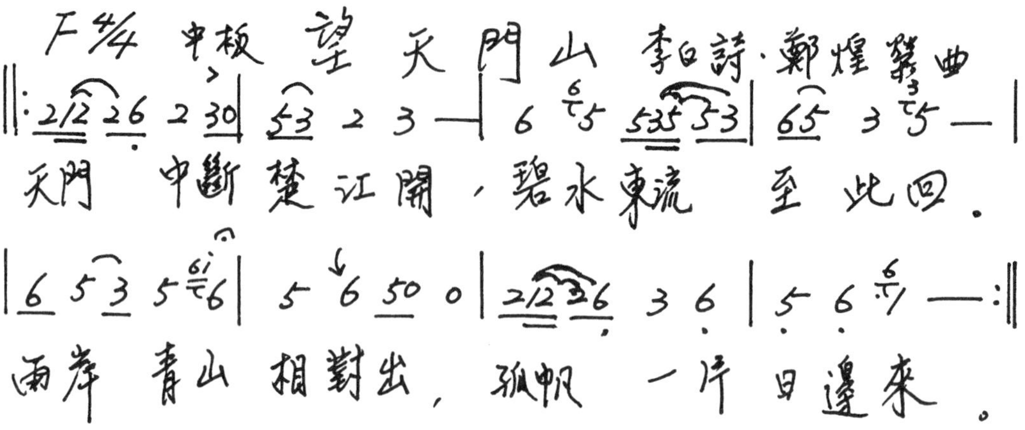

中板 望天門山
李白詩
天門中斷楚江開，碧水東流至此回。
兩岸青山相對出，孤帆一片日邊來。

註：華語、中古漢音吟唱。

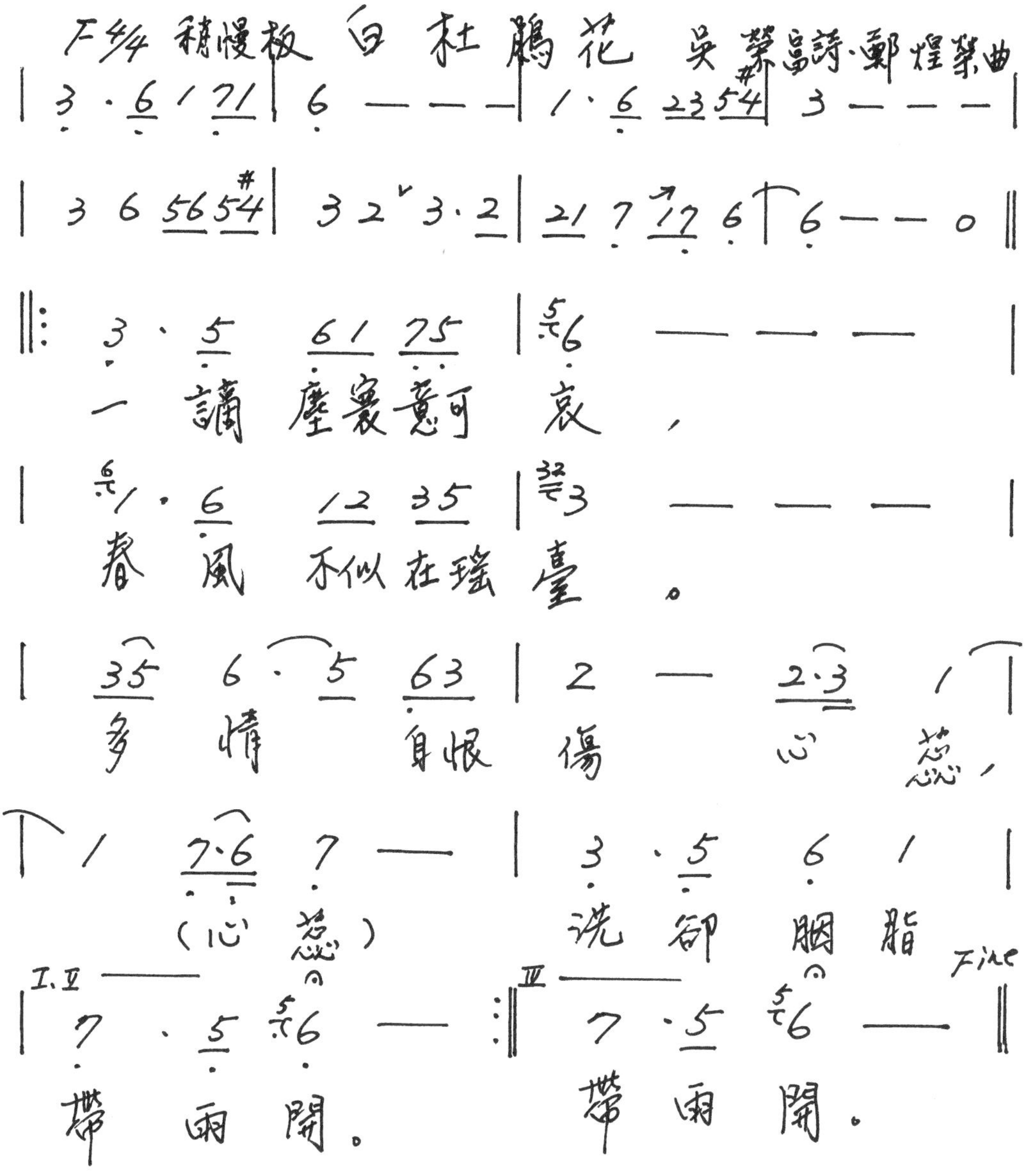
F 4/4 稍慢板 白杜鵑花 吳榮富詩·鄭煌榮曲
一謫塵寰意可哀，
春風不似在瑤臺。
多情自恨傷心蕊，
（心蕊）
洗卻胭脂
帶雨開。
帶雨開。
Fine

註：華語、中古漢音吟唱.

D¾ 慢板 酬樂天詠老見示 唐劉禹錫詩・鄭煌榮曲

| 6 5 35 | 1 616 5 | 61 1 232 | 12 3 — |

人 誰 不 顧 老，老 去 有 誰 憐。

| 54 3 32 | 13 2 — | 35 1 — | 75 6 — |

身 瘦 帶 頻 減， 髮 稀 冠 自 偏。

| 56 5 35 | 54 3 — | 54 32 23 | 1217 6 — |

廢 書 緣 惜 眼， 多 灸 為 隨 年。

| 16 2·32 | 12 3 — | 54 3 35 | 615 6 — |

經 事 還 諳 事， 閱 人 如 閱 川。

| 2·3 5 | 35 2 — | 7·6 56 | 75 6 — |

細 思 皆 幸 矣， 下 此 便 翛 然。

rit---
| 3 1 — | 35 6 — | 6 5 — | 3 5617 6 :|

莫 道 桑 榆 晚， 微 霞 尚 滿 天。

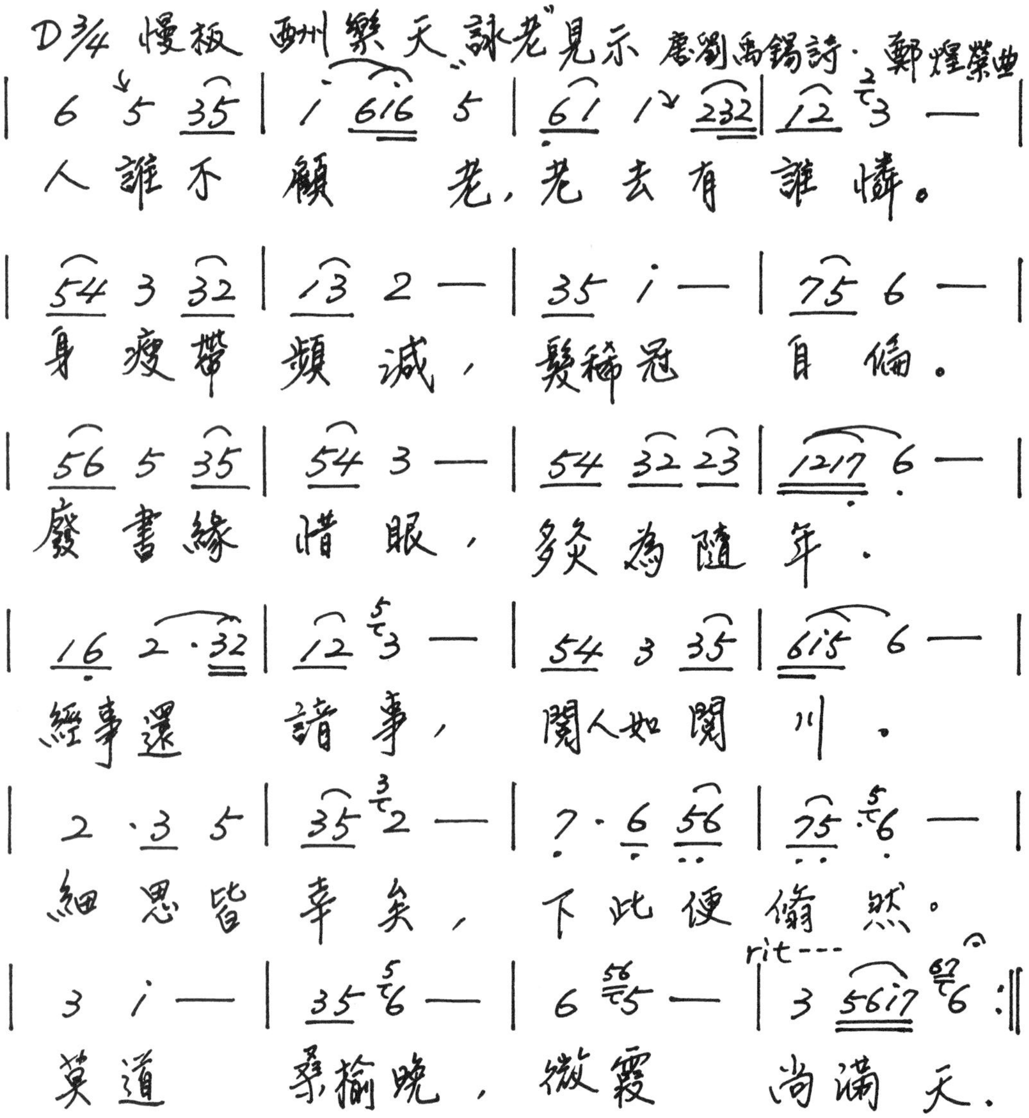

註(一) 不顧老，一版本為 不願老

　　　 多灸，一版本為多炙

　　　 微霞，一版本為為霞

註(二) 華語、中古漢音吟唱。

F 4/4 稍快板 漁夫吟 歌詞記錄:鄭白玉、記譜:鄭煌棠

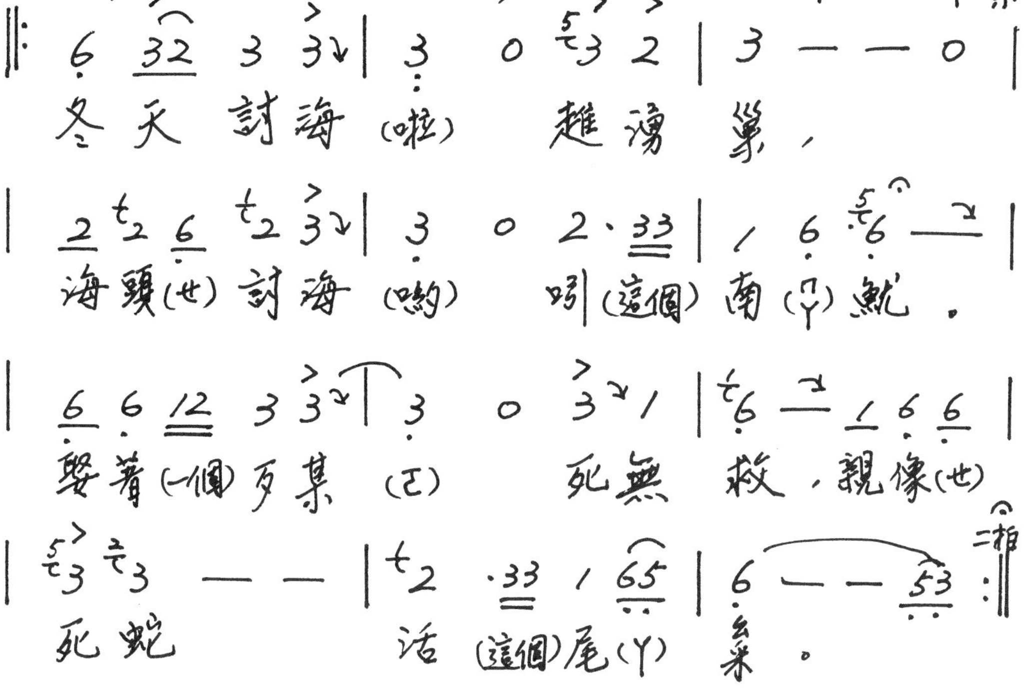

註(一)鄭寶財口唱,小琉球人海上漁歌之一

(二)閩南語演唱.

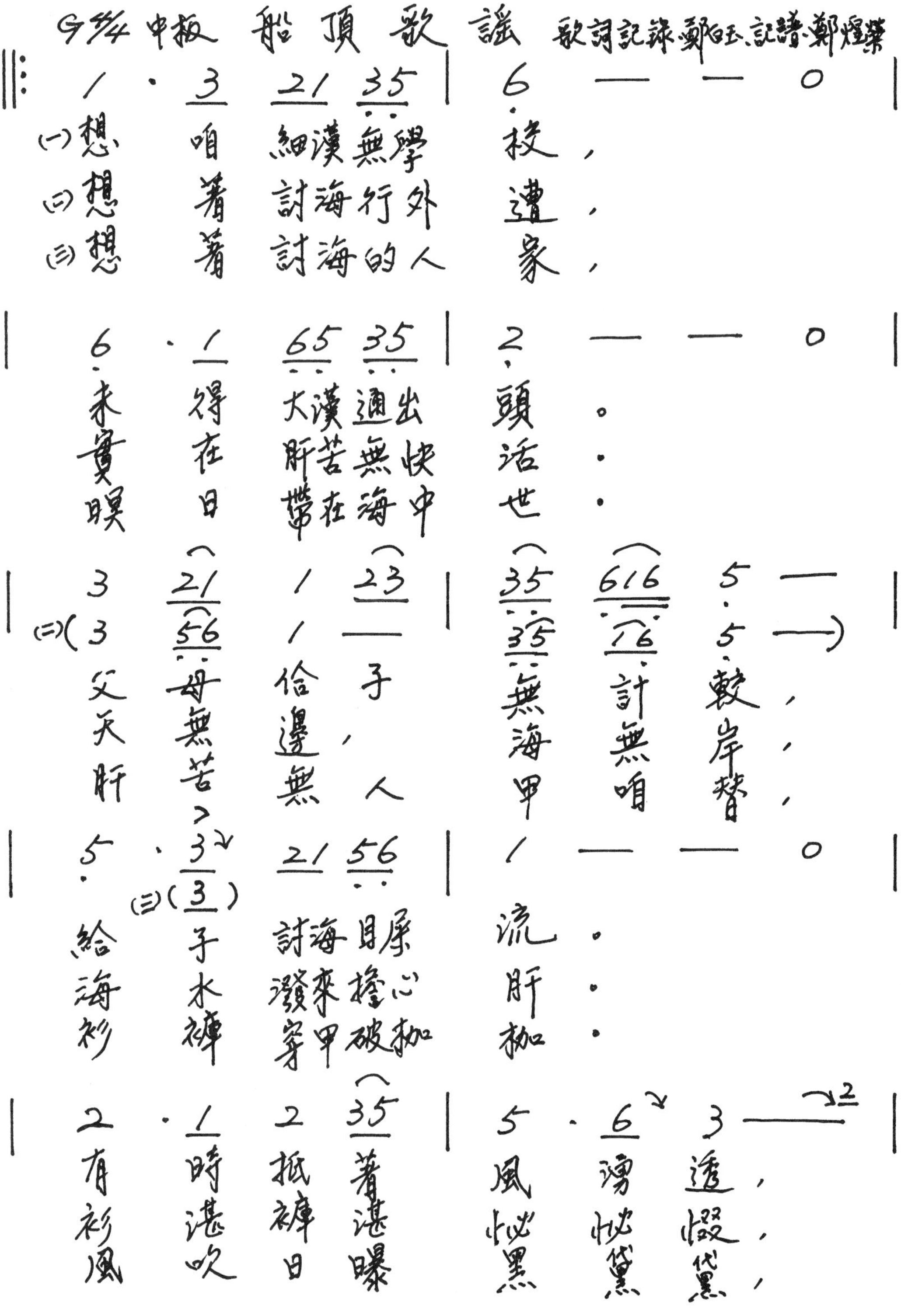
G 4/4 中板 船頂歌謠 歌詞記錄·鄭○玉、記譜·鄭煌業
(一)想 咱 細漢無學 校，
(二)想 著 討海行外 遭，
(三)想 著 討海的人 家，
未 得 大漢通出 頭。
實 在 肝苦無快 活。
暝 日 帶在海中 世。
父 母 倫 子 無 討 較，
天 無 邊，無 海 岸，
肝 苦 無 人 甲 咱 贊，
給 子 討海目屎 流。
海 水 潑來撞心 肝。
衫 褲 穿甲破拁 拁。
有 時 抵 著 風 湧 透，
風 吹 日 曝

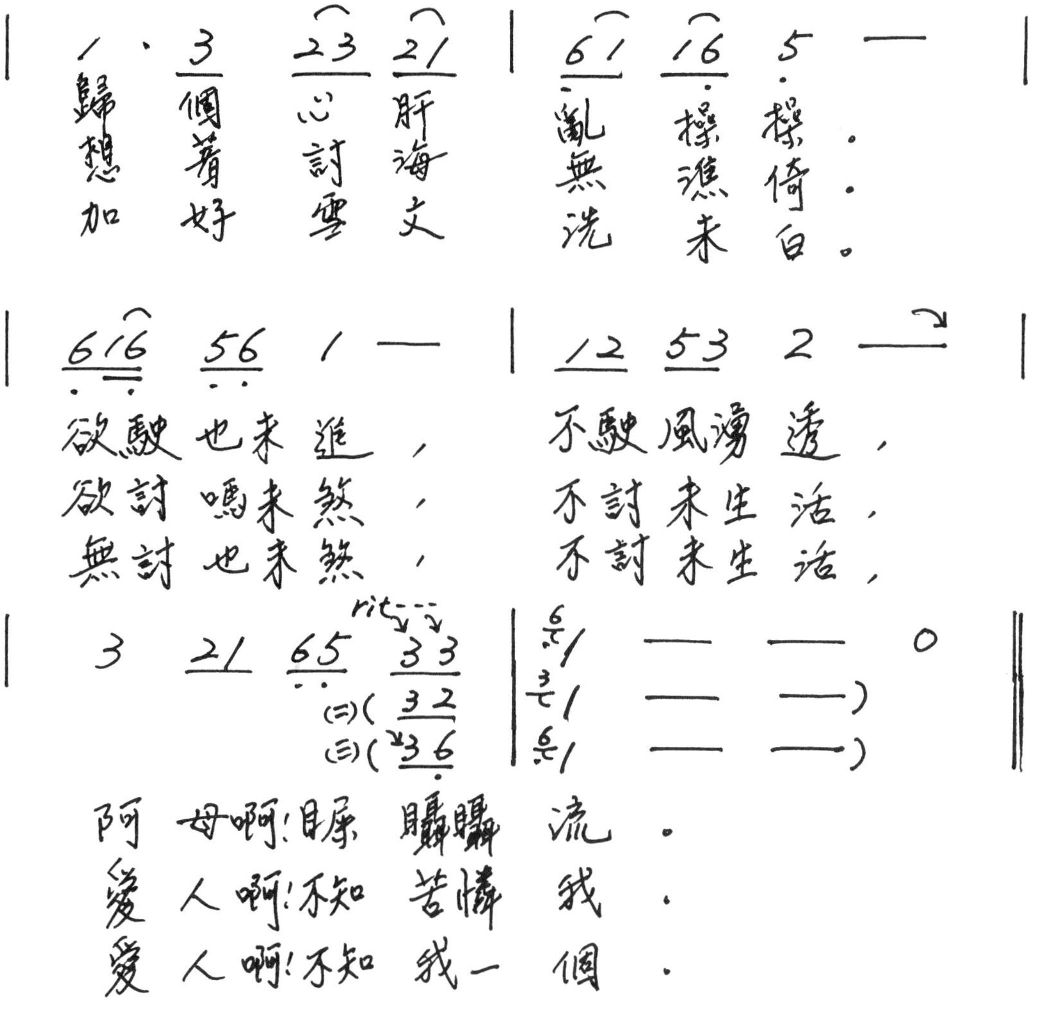
歸個心肝亂操操。
想着討海無憔倚。
加好雲文洗來白。
欲駛也未進，不駛風湧透，
欲討嗎未煞，不討未生活，
無討也未煞，不討未生活，
阿母啊！目屎䀹䀹流。
愛人啊！不知苦憐我。
愛人啊！不知我一個。

註(一) 鄭寶財口唱，小琉球漁歌之二

(二) 雲文：肥皂之意；

(三) 閩南語演唱。

魚嘴頭吟
鄭煌榮作曲
旗魚仔食㦓跳，翁嗜仔食連料，
雨鱺仔食㦓死翹翹，沈嘎沈嘎，
講是烏鯊魚，第一饒倖鬼頭刀，
食㦓大緄(ㄅ)結歸綻，給咱那敨那煩惱。

註(一)小琉球漁歌之三

(二)翁嗜仔：指鮪魚

雨鱷仔：指雨傘魚

僥　倖：不幸之意

敨　：解開之意

(三)閩南語演唱.

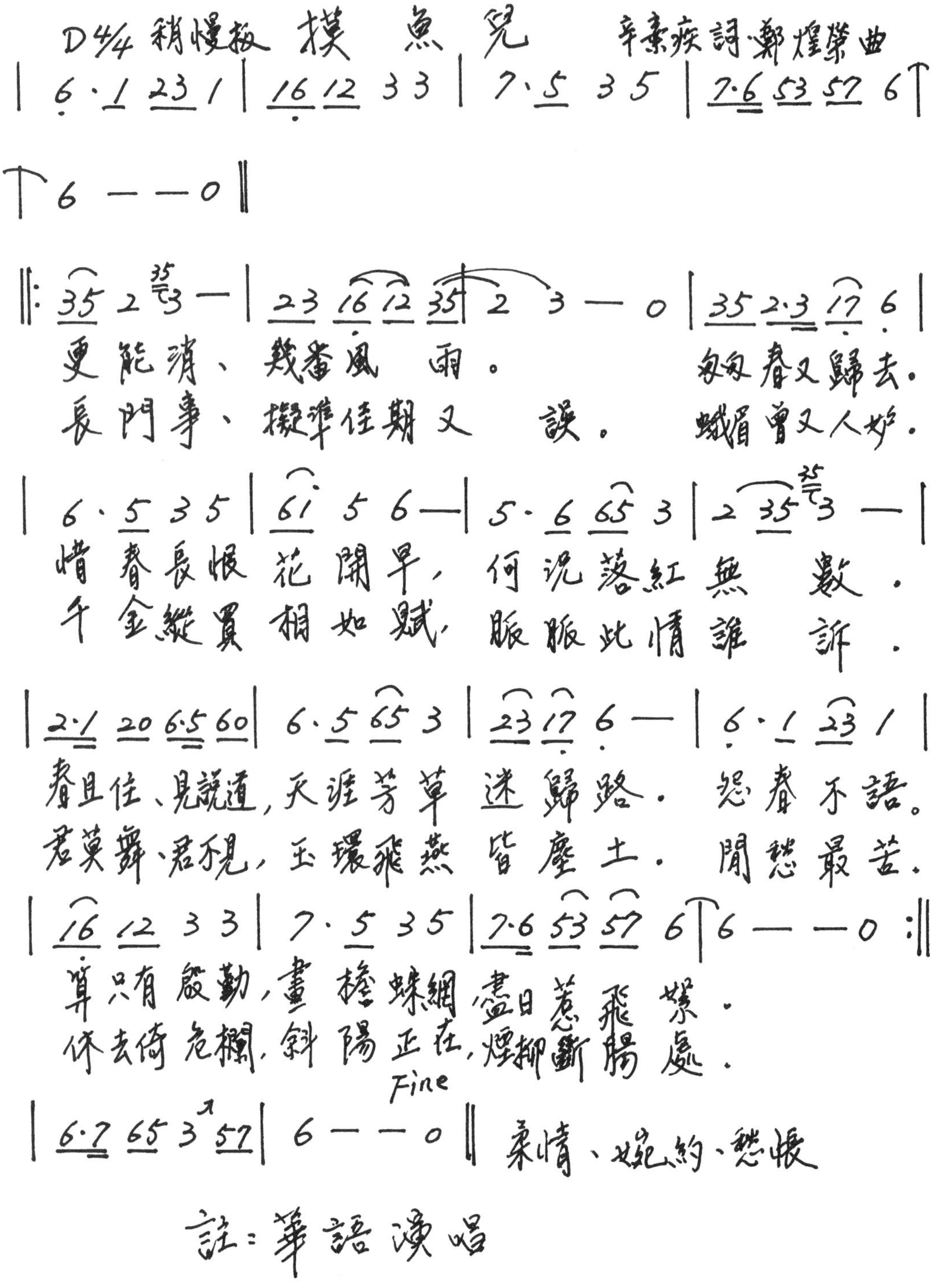
D 4/4 稍慢板 摸魚兒 辛棄疾詞・鄭煌榮曲
更能消、幾番風雨。匆匆春又歸去。
長門事、準擬佳期又誤。蛾眉曾又人妒。
惜春長恨花開早，何況落紅無數。
千金縱買相如賦，脈脈此情誰訴。
春且住、見說道，天涯芳草迷歸路。怨春不語。
君莫舞、君不見，玉環飛燕皆塵土。閒愁最苦。
算只有殷勤，畫檐蛛網，盡日惹飛絮。
休去倚危欄，斜陽正在，煙柳斷腸處。
Fine
柔情、婉約、愁悵
註：華語演唱

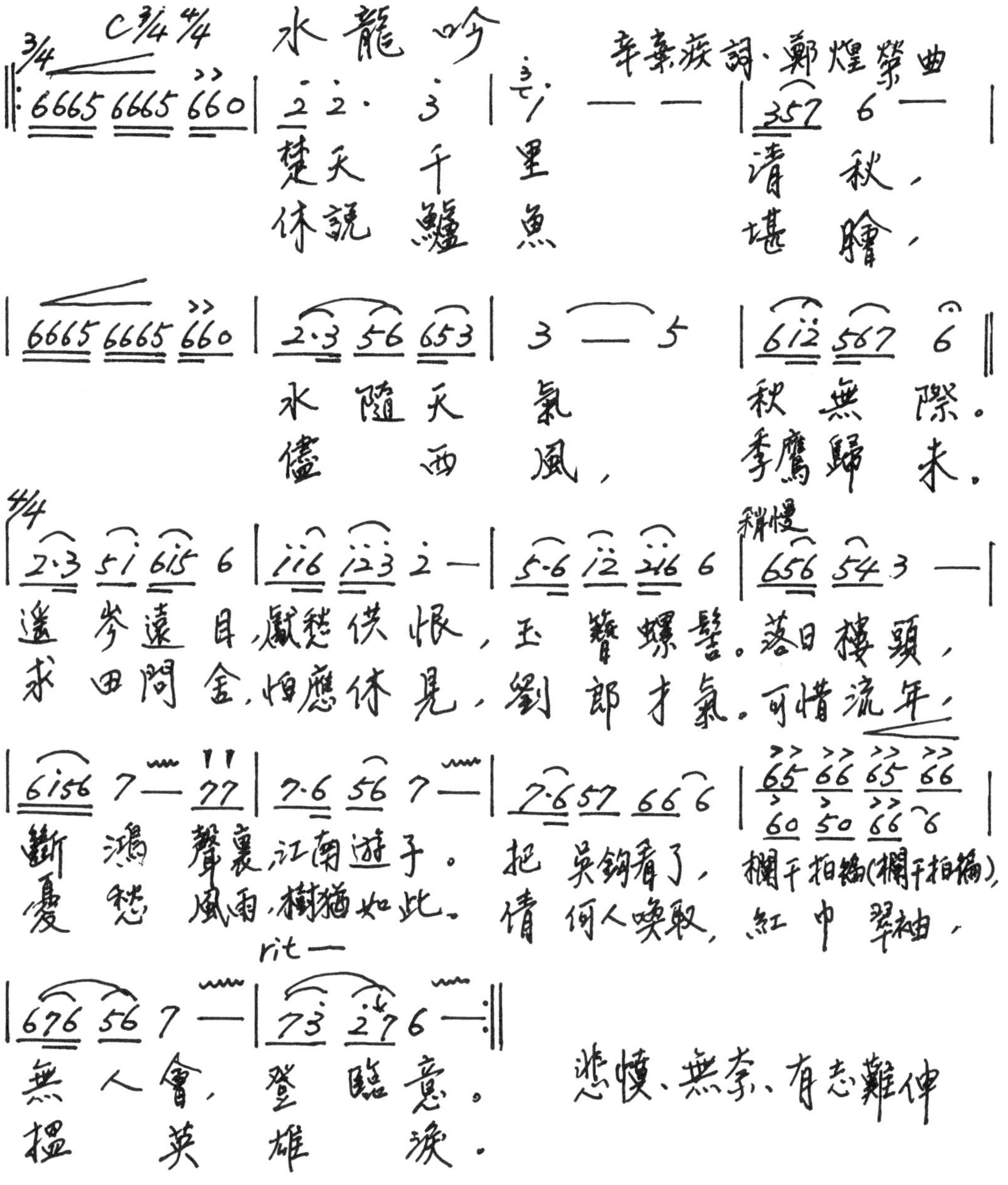
水龍吟
辛棄疾詞、鄭煌榮曲
楚天千里清秋，
休說鱸魚堪膾，
水隨天氣秋無際。
儘西風，季鷹歸未。
稍慢
遙岑遠目，獻愁供恨，玉簪螺髻。落日樓頭，
求田問舍，怕應休見，劉郎才氣。可惜流年，
斷鴻聲裏江南遊子。把吳鈎看了，欄干拍徧(欄干拍徧)，
憂愁風雨，樹猶如此。倩何人喚取，紅巾翠袖，
rit—
無人會，登臨意。
搵英雄淚。
悲憤、無奈、有志難伸

註：華語演唱。

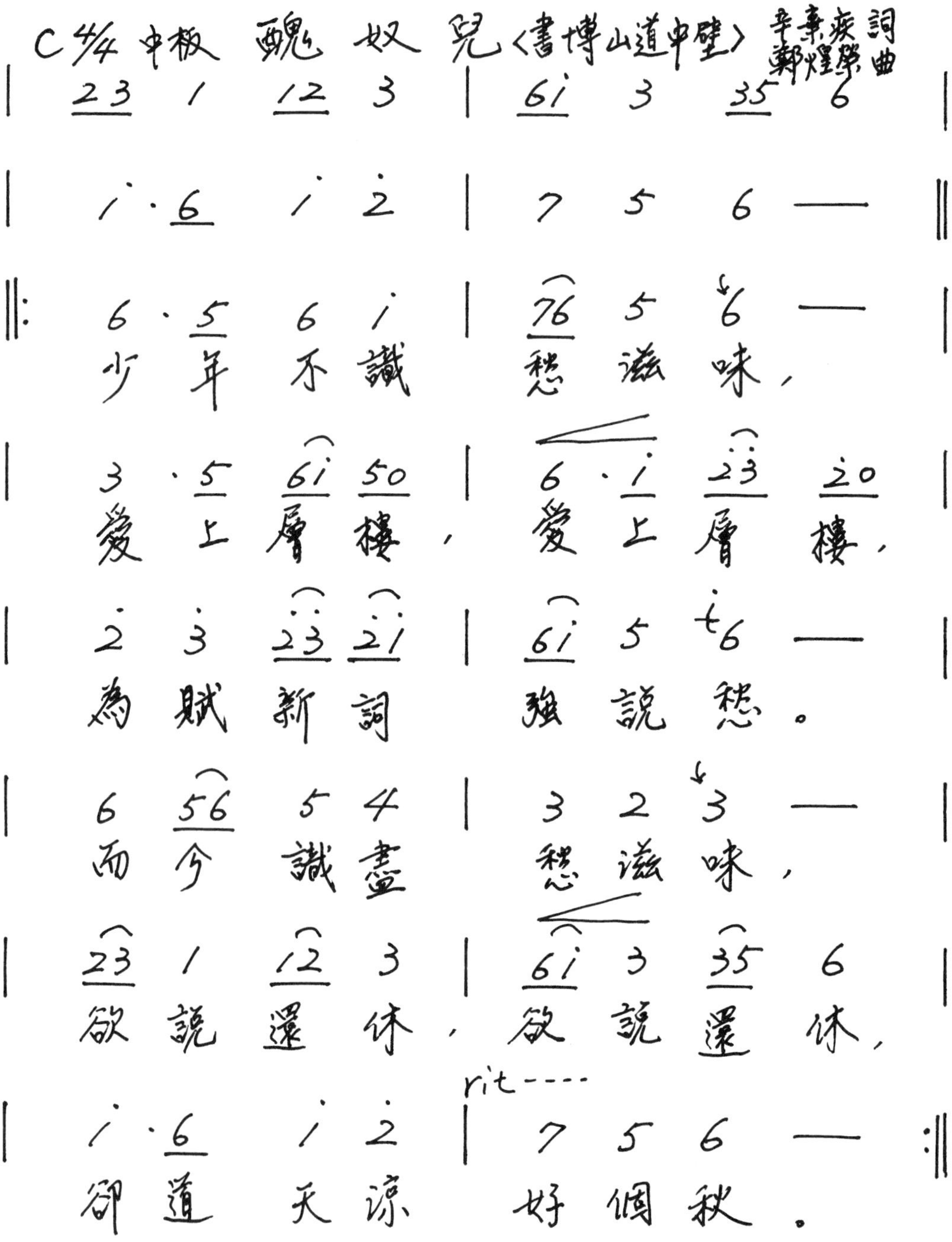

C 4/4 中板　　醜　奴　兒〈書博山道中壁〉　辛棄疾　詞
　　　　　　　　　　　　　　　　　　　　　　鄭煌榮　曲

| 23 1 | 12 3 | 6i 3 35 6 |

| i·6 i 2 | 7 5 6 — ||

||: 6·5 6 i | 76 5 6 — |
　少 年 不 識　愁 滋 味，

| 3·5 6i 50 | 6·i 23 20 |
　愛 上 層 樓，　愛 上 層 樓，

| 2 3 23 21 | 6i 5 76 — |
　為 賦 新 詞　強 說 愁。

| 6 56 5 4 | 3 2 3 — |
　而 今 識 盡　愁 滋 味，

| 23 1 12 3 | 6i 3 35 6 |
　欲 說 還 休，　欲 說 還 休，

　　　　　　　　　　rit----

| i·6 i 2 | 7 5 6 — :||
　卻 道 天 涼　好 個 秋 。

註：華語演唱.

C 2/4 中板 定風波 蘇軾詞·鄭煌榮曲

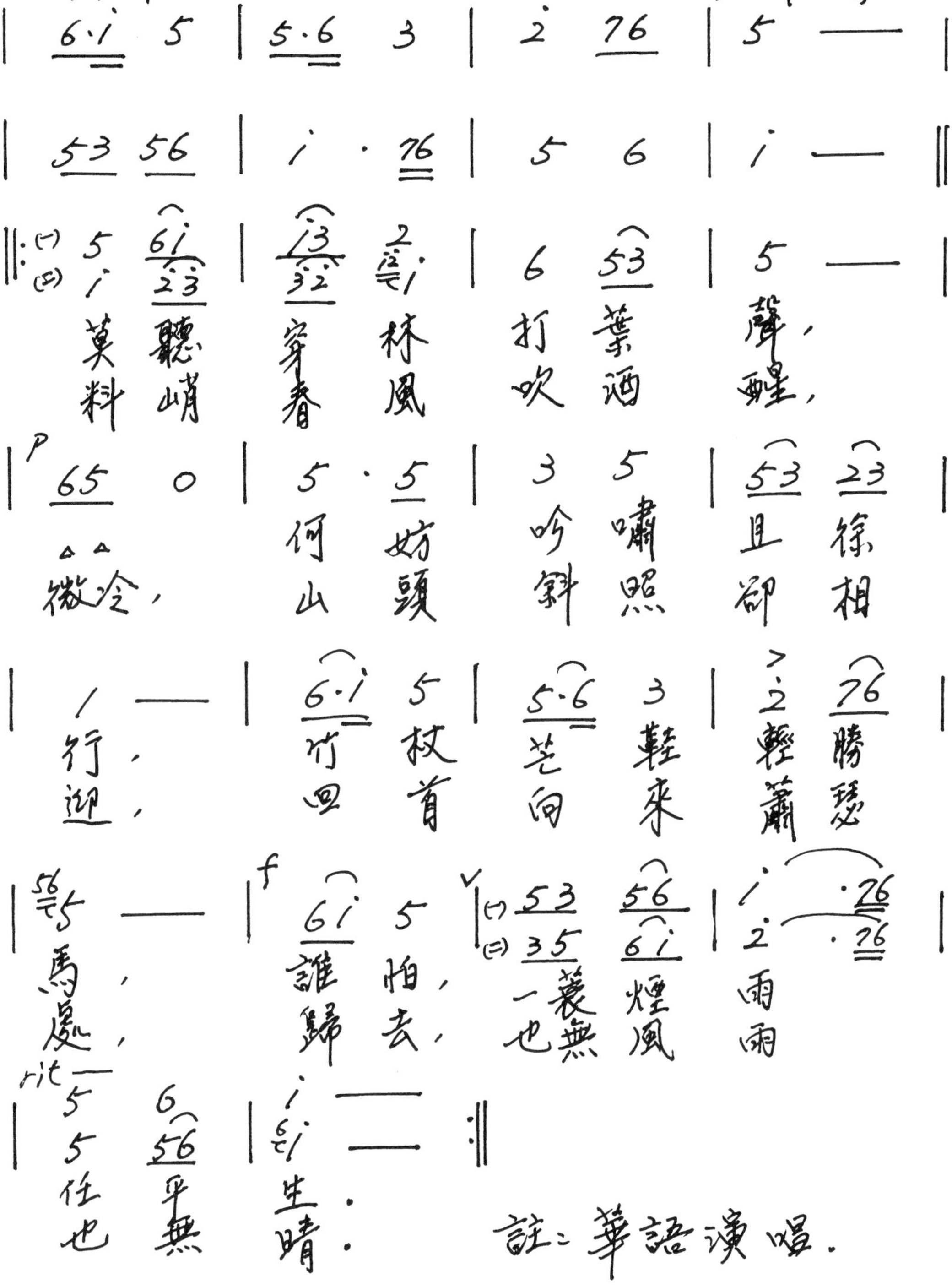
莫聽穿林打葉聲，
料峭春風吹酒醒，
微冷，
何妨吟嘯且徐行，
山頭斜照卻相迎，
竹杖芒鞋輕勝馬，
回首向來蕭瑟處，
誰怕，一蓑煙雨任平生．
歸去，也無風雨也無晴．

註：華語演唱．

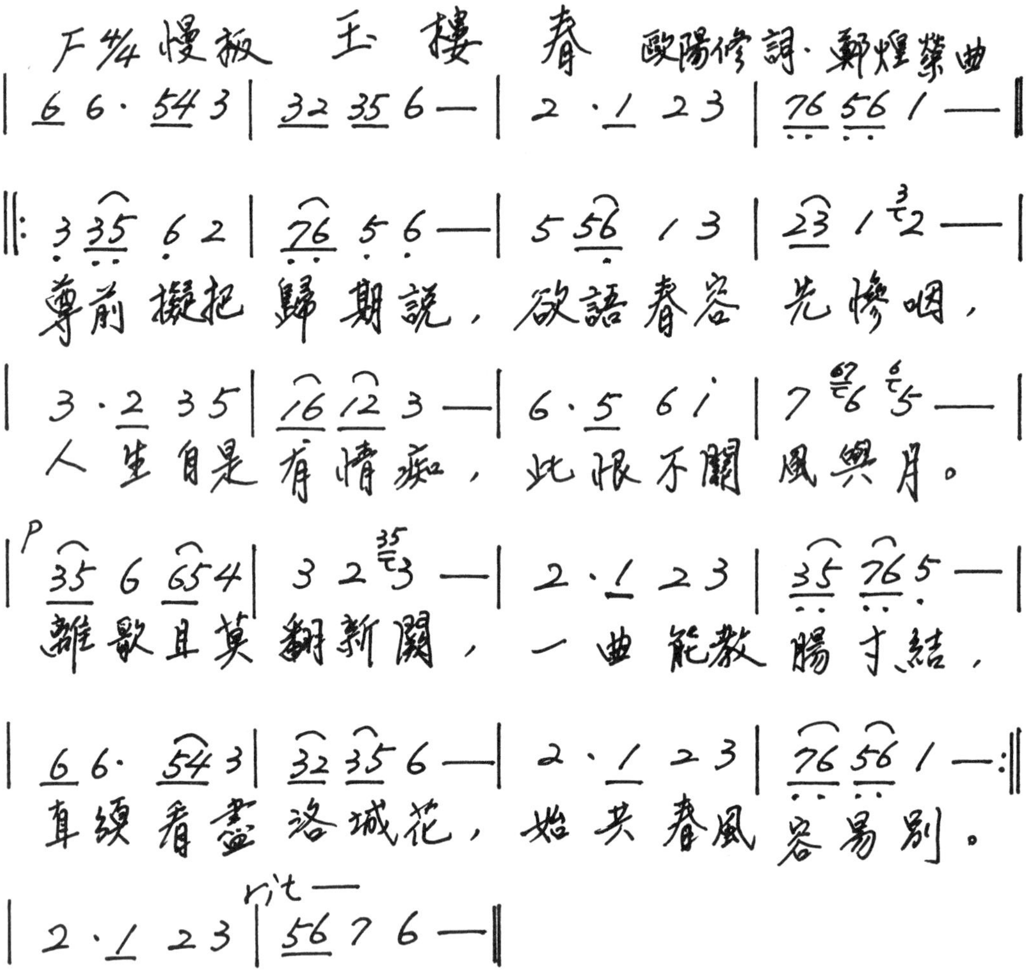

F 4/4 慢板　　玉　樓　春　歐陽修詞·鄭煌榮曲

| 6 6·54 3 | 32 35 6 — | 2·1 23 | 76 56 1 — |

| 3 35 62 | 76 56 — | 5 56 13 | 23 1 2 — |
尊前 擬把 歸期 說， 欲語 春容 先慘 咽，

| 3·2 35 | 16 12 3 — | 6·5 61 | 7 6 5 — |
人生 自是 有情 痴， 此恨 不關 風與 月。

| 35 6 654 | 3 2 3 — | 2·1 23 | 35 76 5 — |
離歌 且莫 翻新 闋， 一 曲 能教 腸寸 結，

| 6 6·54 3 | 32 35 6 — | 2·1 23 | 76 56 1 — |
直須 看盡 洛城 花， 始共 春風 容易 別。

rit —
| 2·1 23 | 56 7 6 — |

　　註：華語讀唱。

P44 慢板　卜算子　　　　　黃州定慧院寓居作
　　　　　　　　　　　　蘇軾 詞・鄭煒榮 曲

| 2 2̲1̲6̲ 2̲3̲ 3 | 7 7̲6̲5̲ 6. | 6 ⁷5̲ — — |

| 3 5 ⁷6̲ — ‖

‖ 6 ⁷5̲ 6 5̲2̲ | ⁷3 — 2 1̲6̲ | 2 3̲5̲ 3 — |
　缺月　掛疏　桐，　漏斷　人初靜。

| 3 5 6̲4̲ 3 | 2 3̲1̲ ⁷2 — | 2̲2̲ 3̲1̲2̲ ⁷6 — |
　時見　幽人　獨往來，　縹緲孤鴻影。

| 3̲7̲6̲ 5 3̲5̲3̲5̲ ⁷6 | 2̲2̲ 5̲3̲5̲ ³2 — | 2 2̲1̲6̲ 2̲3̲ 3 |
　驚起卻 回 頭，有恨無人省。　棟盡寒枝

| 7 7̲6̲5̲ 6 0 | 6 ⁷5̲ — ² | 3 5 ⁷6̲ — ‖
　不肯 棲，　寂寞　　沙洲冷。
　　　　　　　　rit----　　　　　Fine

| 6̲3̲5̲6̲ 7 — — — | 2̲3̲5̲7̲ 6 — — ‖

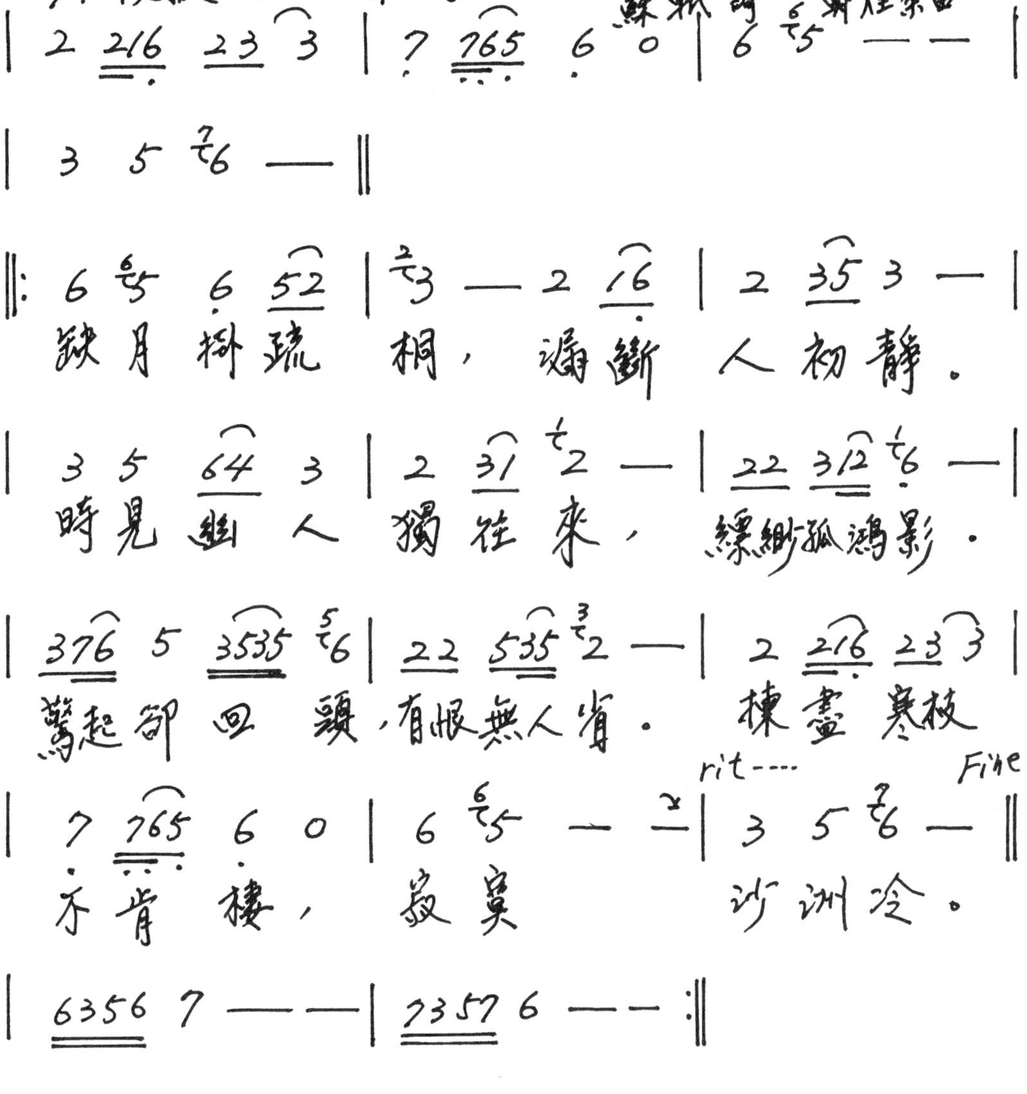

註：華語、中古漢音各演唱一次。

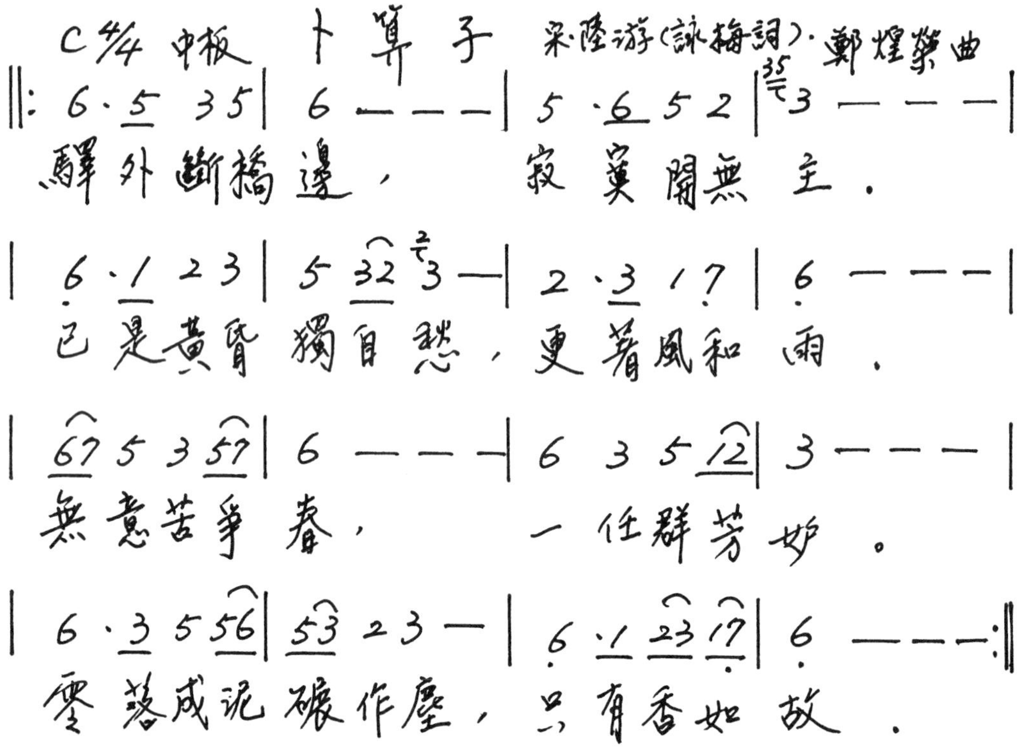

C 4/4 中板　卜算子　采·陸游〈詠梅詞〉·鄭煌縈曲

‖: 6·5 35 | 6 — — — | 5·6 52 | 3 — — — |
驛外斷橋邊，　　寂寞開無主．

| 6·1 23 | 5 32 3 — | 2·3 17 | 6 — — — |
已是黃昏獨自愁，更著風和　雨．

| 67 5 3 57 | 6 — — — | 6 3 5 12 | 3 — — — |
無意苦爭春，　　一任群芳妒　．

| 6·3 5 56 | 53 23 — | 6·1 23 17 | 6 — — — :‖
零落成泥碾作塵，只有香如　故　．

註：華語讀唱．

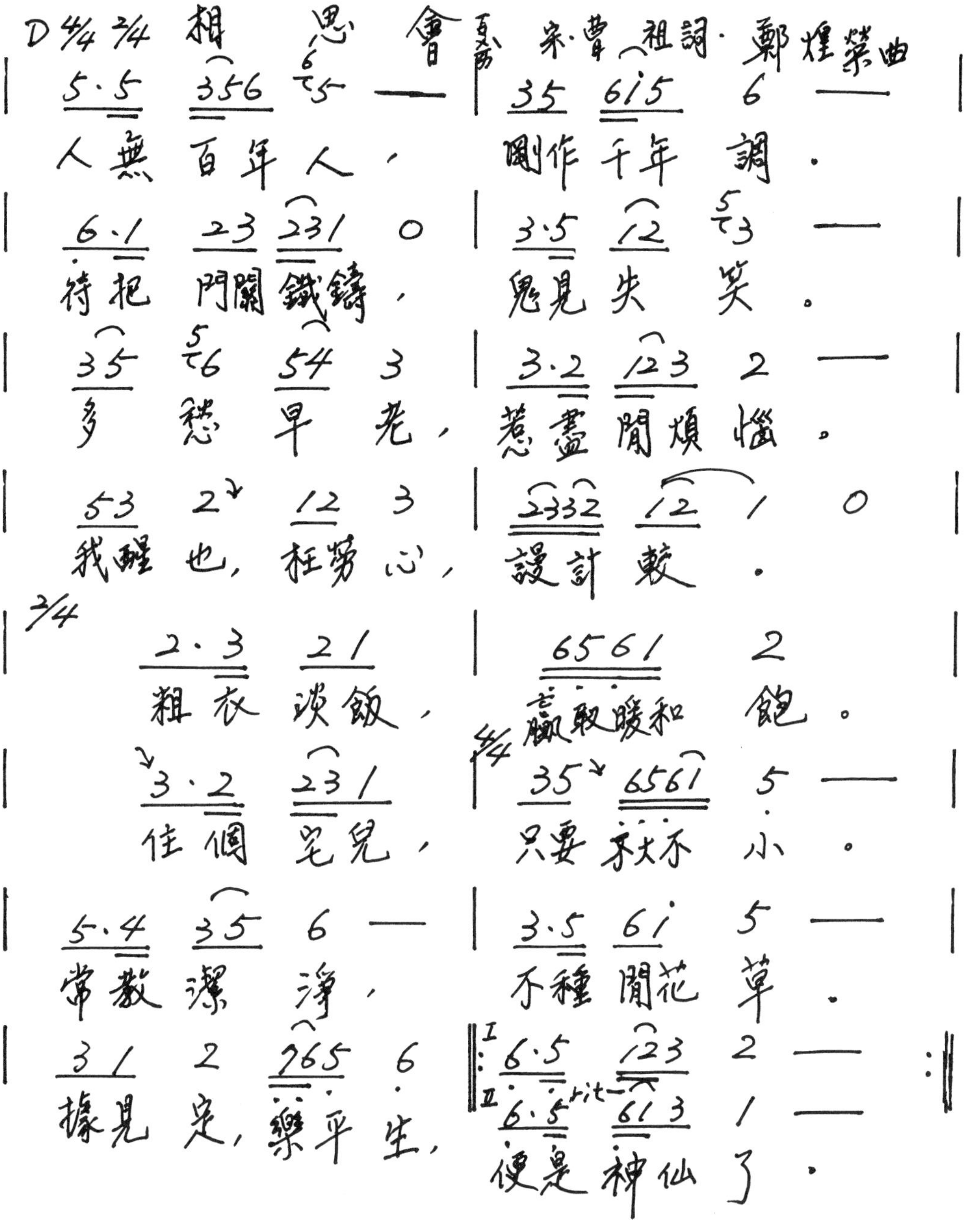
相思會
宋·曹組詞
人無百年人，剛作千年調。
待把門關鐵鑄，鬼見失笑。
多愁早老，惹盡閒煩惱。
我醒也，枉勞心，謾計較。
粗衣淡飯，贏取暖和飽。
住個宅兒，只要不大不小。
常教潔淨，不種閒花草。
據見定，樂平生，便是神仙了。

註：華語演唱.

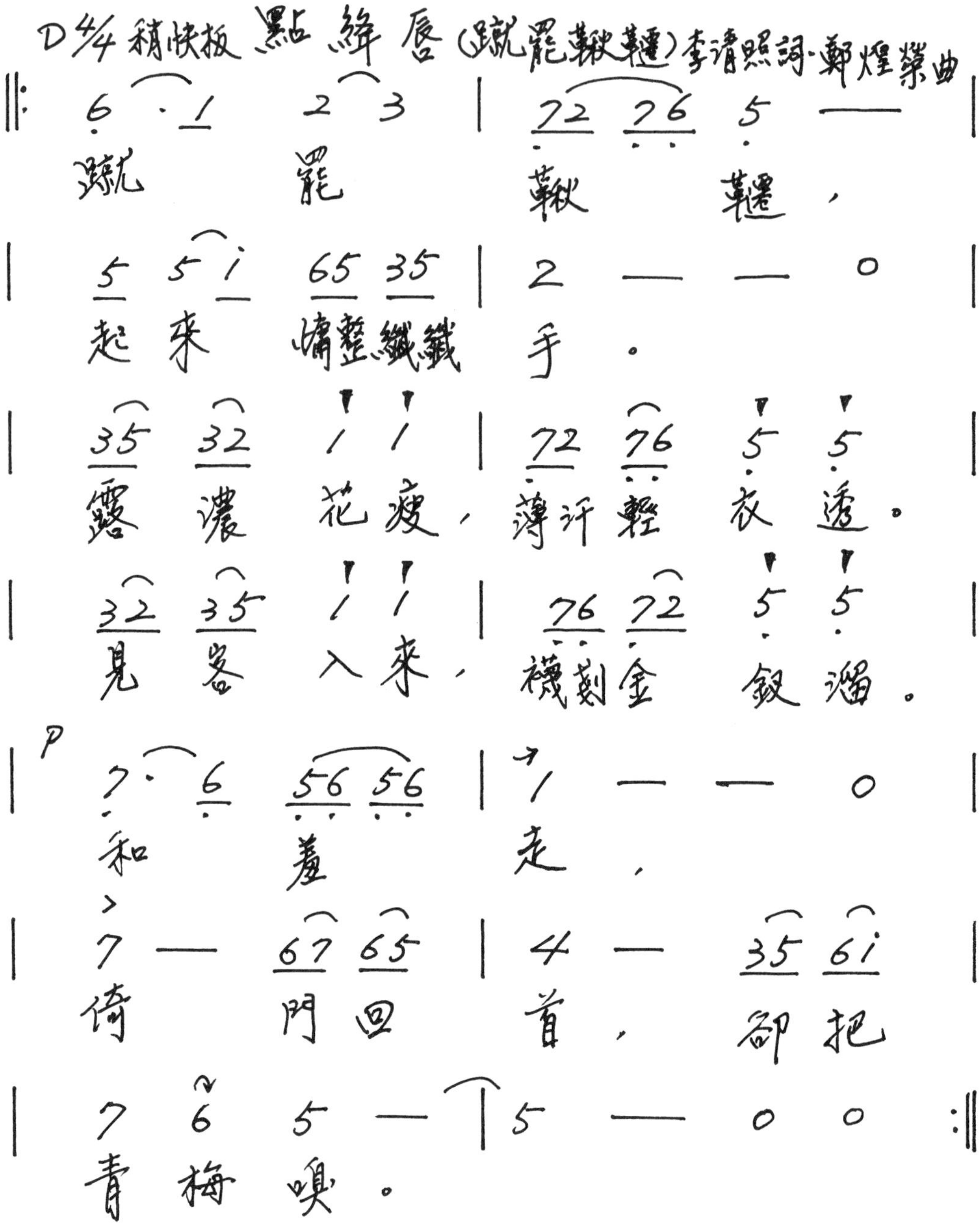
D 4/4 稍快板 點絳唇（蹴罷鞦韆）李清照詞．鄭煌榮曲
蹴罷鞦韆，
起來慵整纖纖手。
露濃花瘦，薄汗輕衣透。
見客入來，襪剗金釵溜。
和羞走，
倚門回首，卻把
青梅嗅。

註：華語演唱．

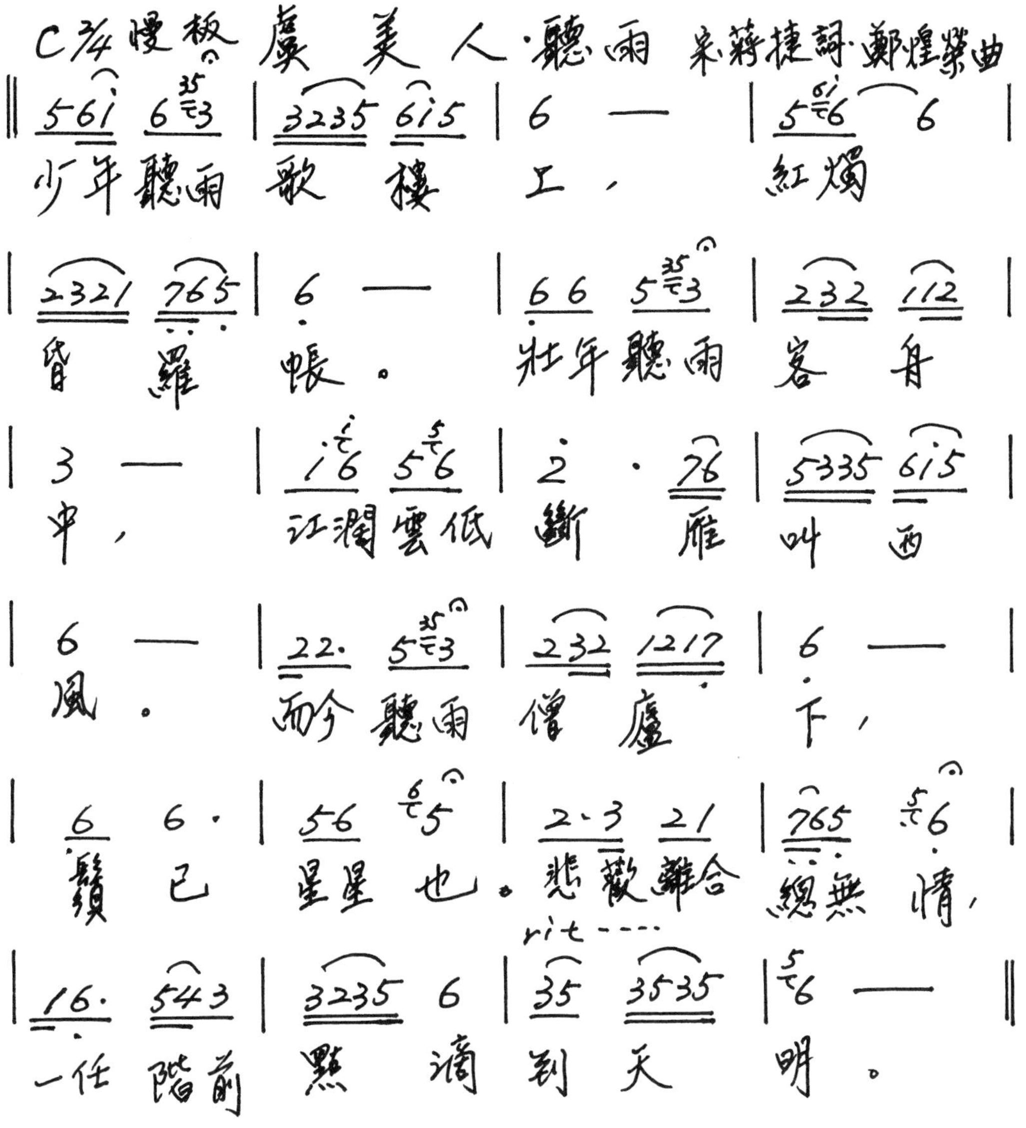
C 2/4 慢板 虞美人·聽雨 宋蔣捷詞·鄭煌榮曲
少年聽雨歌樓上，紅燭昏羅帳。
壯年聽雨客舟中，江闊雲低斷雁叫西風。
而今聽雨僧廬下，鬢已星星也。悲歡離合總無情，
rit----
一任階前點滴到天明。

註：華語演唱。

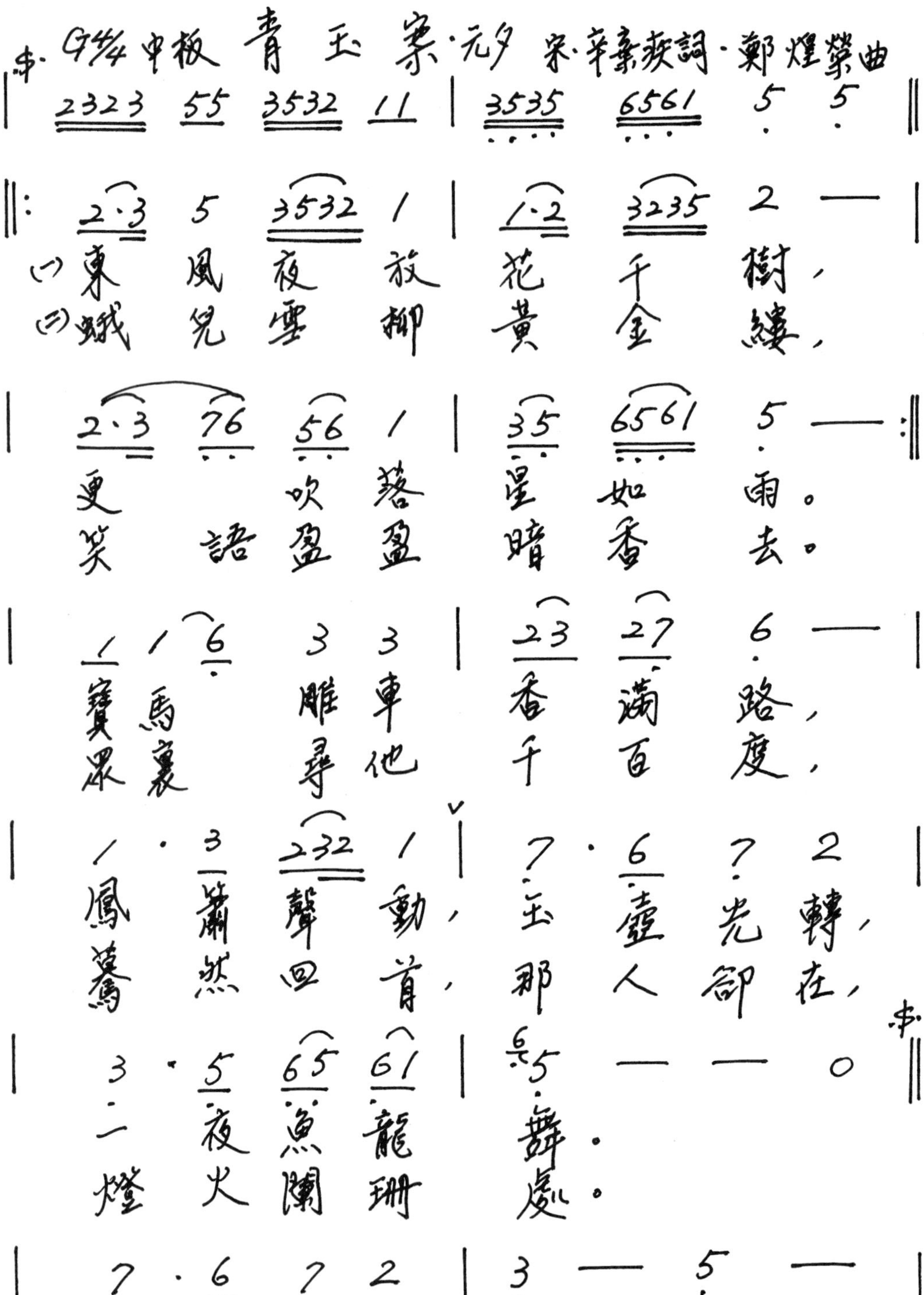
G 4/4 中板 青玉案·元夕 宋·辛棄疾詞·鄭煜榮曲
(一)東風夜放花千樹，
(二)蛾兒雪柳黃金縷，
更吹落星如雨。
笑語盈盈暗香去。
寶馬雕車香滿路，
眾裏尋他千百度，
鳳簫聲動，玉壺光轉，
驀然回首，那人卻在，
一夜魚龍舞。
燈火闌珊處。
（那人卻在燈火

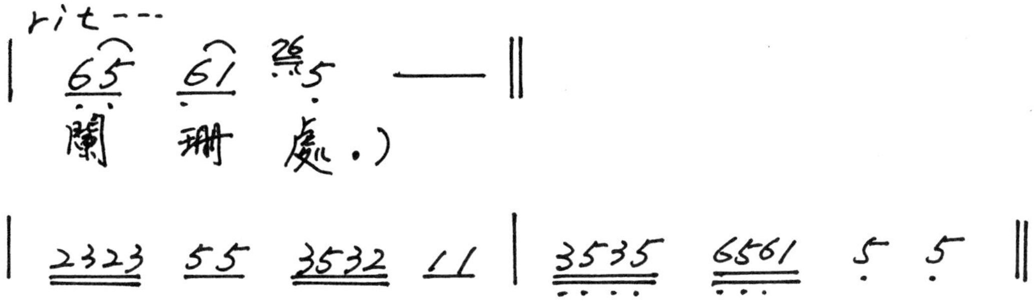

英雄氣短，兒女情長

註：華語演唱。

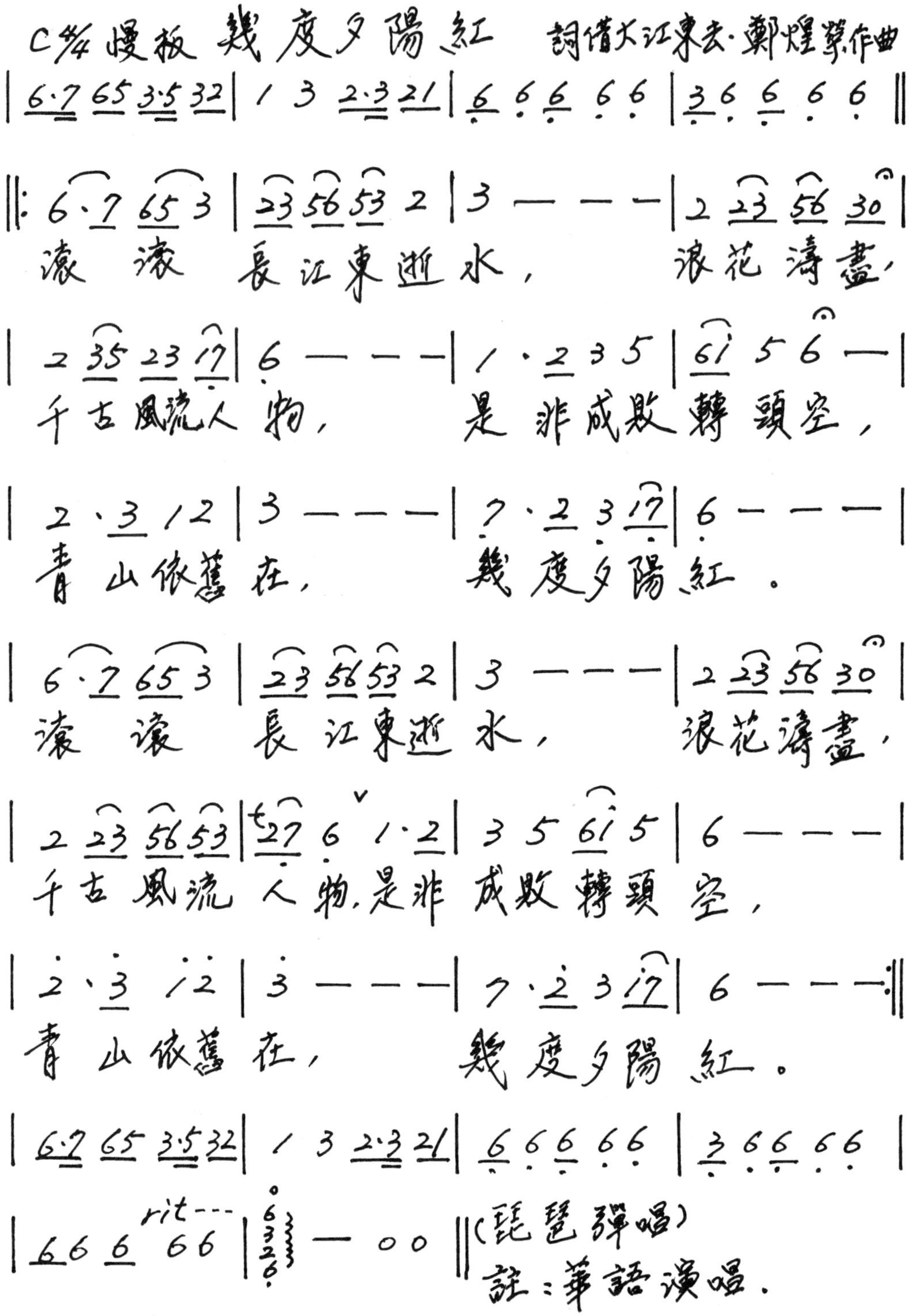

C 4/4 慢板　幾度夕陽紅　　詞借大江東去·鄭煌榮作曲

‖: 6·7 65 35 32 | 1 3 2·3 21 | 6 6 6 66 | 3 6 6 66 :‖

‖: 6·7 65 3 | 23 56 53 2 | 3 — — — | 2 23 56 30 |
滾　滾　長江東逝水，　　　浪花淘盡，

2 35 23 17 | 6 — — — | 1·2 3 5 | 61 5 6 — |
千古風流人物，　　　是非成敗轉頭空，

2·3 12 | 3 — — — | 7·2 3 17 | 6 — — — |
青山依舊在，　　　幾度夕陽紅。

6·7 65 3 | 23 56 53 2 | 3 — — — | 2 23 56 30 |
滾　滾　長江東逝水，　　　浪花淘盡，

2 23 56 53 | 7 27 6 1·2 | 3 5 61 5 | 6 — — — |
千古風流人物，是非成敗轉頭空，

2·3 12 | 3 — — — | 7·2 3 17 | 6 — — — :‖
青山依舊在，　　　幾度夕陽紅。

6·7 65 35 32 | 1 3 2·3 21 | 6 6 6 66 | 3 6 6 66 |

| 6 6 6 66 | *rit---* 6 — 0 0 ‖（琵琶彈唱）

註：華語演唱。

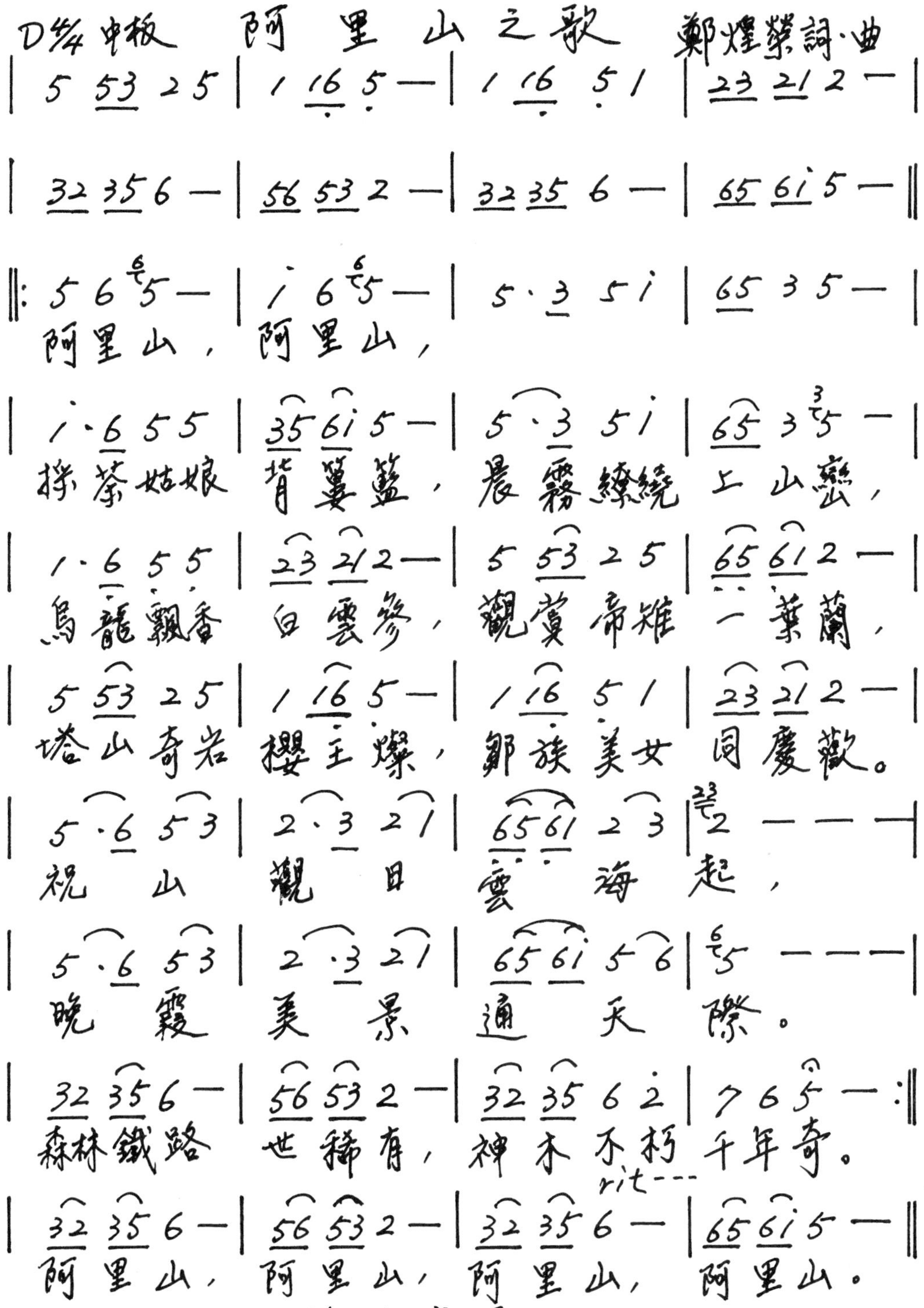
D 4/4 中板 阿里山之歌 鄭煌榮詞‧曲
阿里山，阿里山，
採茶姑娘背簍籃，晨霧繚繞上山巒，
烏龍飄香白雲參，觀賞帝雉一葉蘭，
塔山奇岩櫻王爍，鄒族美女同慶歡。
祝山觀日雲海起，
晚霞美景通天際。
森林鐵路世稀有，神木不朽千年奇。
rit---
阿里山，阿里山，阿里山，阿里山。

註：華語演唱.

漢音注音

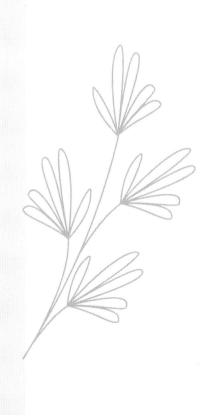

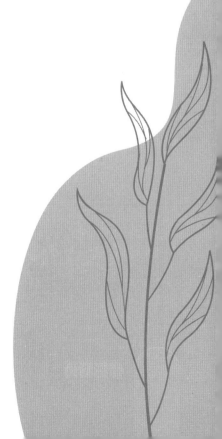

黍離　詩經·國風

(一)彼黍離離，彼稷之苗。
(二)彼黍離離，彼稷之穗。
(三)彼黍離離，彼稷之實。

(一)行邁靡靡，心中搖搖。
(二)行邁靡靡，心中如醉。
(三)行邁靡靡，心中如噎。

知我者，謂我心憂，

不知我者，謂我何求。

悠悠蒼天，此何人哉！

感遇十二首其一　唐·張九齡詩

蘭葉春葳蕤，桂花秋皎潔。

欣欣此生意，自爾為佳節。

誰知林棲者，聞風坐相悅。

草木本有心，何求美人折。

夜雨　唐·白居易詩

我有所念人，隔在遠遠鄉。

我有所感事，結在深深腸。

鄉遠去不得，無日不瞻望。

腸深解不得，無夕不思量。

況此殘燈夜，獨宿在空堂。

秋天殊未曉，風雨正蒼蒼。

不學頭陀法，前心安可忘。

秋詞之一　唐．劉禹錫詩

自古逢秋悲寂寥，

我言秋日勝春朝。

晴空一鶴排雲上，

便引詩情到碧霄。

無ㄨˊ 題ㄊㄧˊ　　李商隱詩

相ㄒㄧㄤ 見ㄐㄧㄢˋ 時ㄕˊ 難ㄋㄢˊ 別ㄅㄧㄝˊ 亦ㄧˋ 難ㄋㄢˊ ，

東ㄉㄨㄥ 風ㄈㄥ 無ㄨˊ 力ㄌㄧˋ 百ㄅㄞˇ 花ㄏㄨㄚ 殘ㄘㄢˊ 。

春ㄔㄨㄣ 蠶ㄘㄢˊ 到ㄉㄠˋ 死ㄙˇ 絲ㄙ 方ㄈㄤ 盡ㄐㄧㄣˋ ，

蠟ㄌㄚˋ 炬ㄐㄩˋ 成ㄔㄥˊ 灰ㄏㄨㄟ 淚ㄌㄟˋ 始ㄕˇ 乾ㄍㄢ 。

曉ㄒㄧㄠˇ 鏡ㄐㄧㄥˋ 但ㄉㄢˋ 愁ㄔㄡˊ 雲ㄩㄣˊ 鬢ㄅㄧㄣˋ 改ㄍㄞˇ ，

夜ㄧㄝˋ 吟ㄧㄣˊ 應ㄧㄥ 覺ㄐㄩㄝˊ 月ㄩㄝˋ 光ㄍㄨㄤ 寒ㄏㄢˊ 。

蓬ㄆㄥˊ 萊ㄌㄞˊ 此ㄘˇ 去ㄑㄩˋ 無ㄨˊ 多ㄉㄨㄛ 路ㄌㄨˋ ，

青ㄑㄧㄥ 鳥ㄋㄧㄠˇ 殷ㄧㄣ 勤ㄑㄧㄣˊ 為ㄨㄟˋ 探ㄊㄢˋ 看ㄎㄢ 。

禾熟　宋·孔平仲詩

百里西風禾黍香，

鳴泉落竇谷登場。

老牛粗了耕耘債，

嚙草坡頭臥夕陽。

（嚙）

小池　宋·楊萬里詩

泉眼無聲惜細流，
樹陰照水愛晴柔。
小荷才露尖尖角，
早有蜻蜓立上頭。

洛神　　鄭煌榮詩

園林蕭瑟遠山孤，

迷雨千峰作有無。

六甲田趣猶半畝，

洛神花下一挑夫。

風箏　　鄭修賢詩

神州繽樓望何年，

遠近尋來渭水邊。

一念心弦逆風上，

飛書敢奏九重天。

木蘭辭　古樂府選錄

(一)唧唧復唧唧，木蘭當戶織，

(二)朝辭爺娘去，暮宿黃河邊，

不聞機杼聲，惟聞女嘆息。

萬里赴戎機，關山渡若飛。

問女何所思，問女何所憶，

朔氣傳金柝，寒光照鐵衣，

女亦無所思，女亦無所憶。

將軍百戰死，壯士十年歸。

金縷衣　杜秋娘詩

勸君莫惜金縷衣，

勸君惜取少年時。

花開堪折直須折，

莫待無花空折枝。

月下獨酌　李白詩

花間一壺酒，獨酌無相親，
舉杯邀明月，對影成三人。
月既不解飲，影徒隨我身，
暫伴月將影，行樂須及春。
我歌月徘徊，我舞影凌亂，
醒時同交歡，醉後各分散，
永結無情遊，相期邈雲漢。

望ㄨㄤˋ天ㄊㄧㄢ門ㄇㄣˊ山ㄕㄢ　李白詩

天ㄊㄧㄢ 門ㄇㄣˊ 中ㄓㄨㄥ 斷ㄉㄨㄢˋ 楚ㄔㄨˇ 江ㄐㄧㄤ 開ㄎㄞ，

碧ㄅㄧˋ 水ㄕㄨㄟˇ 東ㄉㄨㄥ 流ㄌㄧㄡˊ 至ㄓˋ 此ㄘˇ 回ㄏㄨㄟˊ。

兩ㄌㄧㄤˇ 岸ㄢˋ 青ㄑㄧㄥ 山ㄕㄢ 相ㄒㄧㄤ 對ㄉㄨㄟˋ 出ㄔㄨ，

孤ㄍㄨ 帆ㄈㄢˊ 一ㄧ 片ㄆㄧㄢˋ 日ㄖˋ 邊ㄅㄧㄢ 來ㄌㄞˊ。

白杜鵑花　吳榮富詩

一謫塵寰意可哀，

春風不似在瑤臺。

多情自恨傷心蕊，

洗卻胭脂帶雨開。

酬樂天詠老見示。唐、劉禹錫詩

人誰不顧老，老去有誰憐。

身瘦帶頻減，髮稀冠自偏。

廢書緣惜眼，多炙為隨年。

經事還諳事，閱人如閱川。

細思皆幸矣，下此便翛然。

莫道桑榆晚，微霞尚滿天。

漁夫吟　小琉球漁歌之一、鄭白玉記詞

冬天討海趡謗巢，

海頭討海吵鬧魷。

要著歹某死無救，

親像死蛇活尾溜。

船頂歌謠 小琉球漁歌之二 鄭白玉試詞

(一) 想咱細漢無學校，

(二) 想着討海行外遭，

(三) 想着討海的人家，

來得大漢通出頭。

實在肝苦無快活。

暝日帶在海中世。

父母佮子無討教，

天無邊， 海無岸，

肝苦無人甲咱贊，

(一)給子討海目屎流。

(二)海水潑來擋心肝。

(三)衫褲穿甲破枷枷。

有時抵著風湧透，

衫湛褲湛怴怴惙，

風吹日曝黑黛黛，

歸個心肝亂操操。

想著討海無依倚。

加好雪文洗未白。

(一) 欲駛也稱進，不駛風湯透，

(二) 欲討嗎稱煞，不討稱生活，

(三) 無討也稱煞，不討稱生活，

阿母啊！目屎曬曬流。

愛人啊！不知苦情我。

愛人啊！不知我一個。

魚嘴頭吟 小琉球漁歌之三 鄭白玉記詞

旗魚仔食囉跳，

翁嗜仔食連料，

雨鰢仔食囉死翹翹。

沈嗄！沈嗄！

講是烏鶖魚，

第一僥倖鬼頭刀，

食囉大緄結歸絕。

給嘚那敲那慎懺。

卜算子　蘇軾詞

缺月掛疏桐，漏斷人初靜。

時見幽人獨往來，

縹緲孤鴻影。

驚起卻回頭，有恨無人省。

揀盡寒枝不肯棲，

寂寞沙洲冷。

台灣漢詩

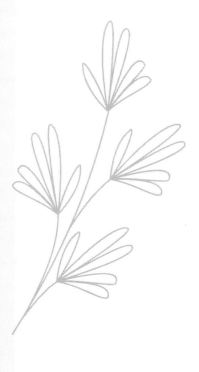

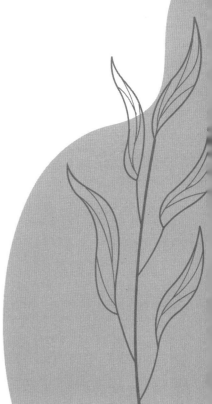

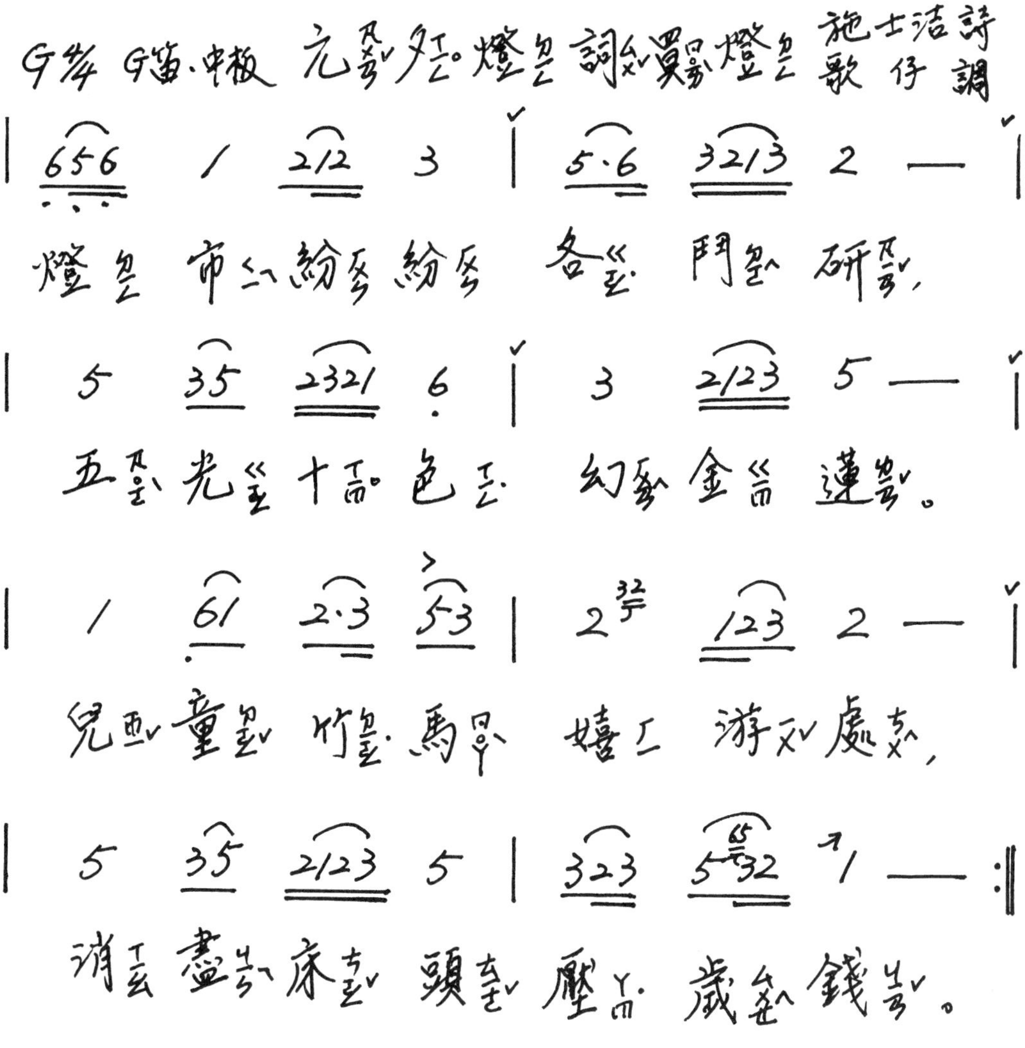
G 4/4 G笛．中板
元宵燈詞買燈
施士洁詩
歌仔調
燈市紛紛各鬥研，
五光十色幻金蓮。
兒童竹馬嬉游處，
消盡床頭壓歲錢。

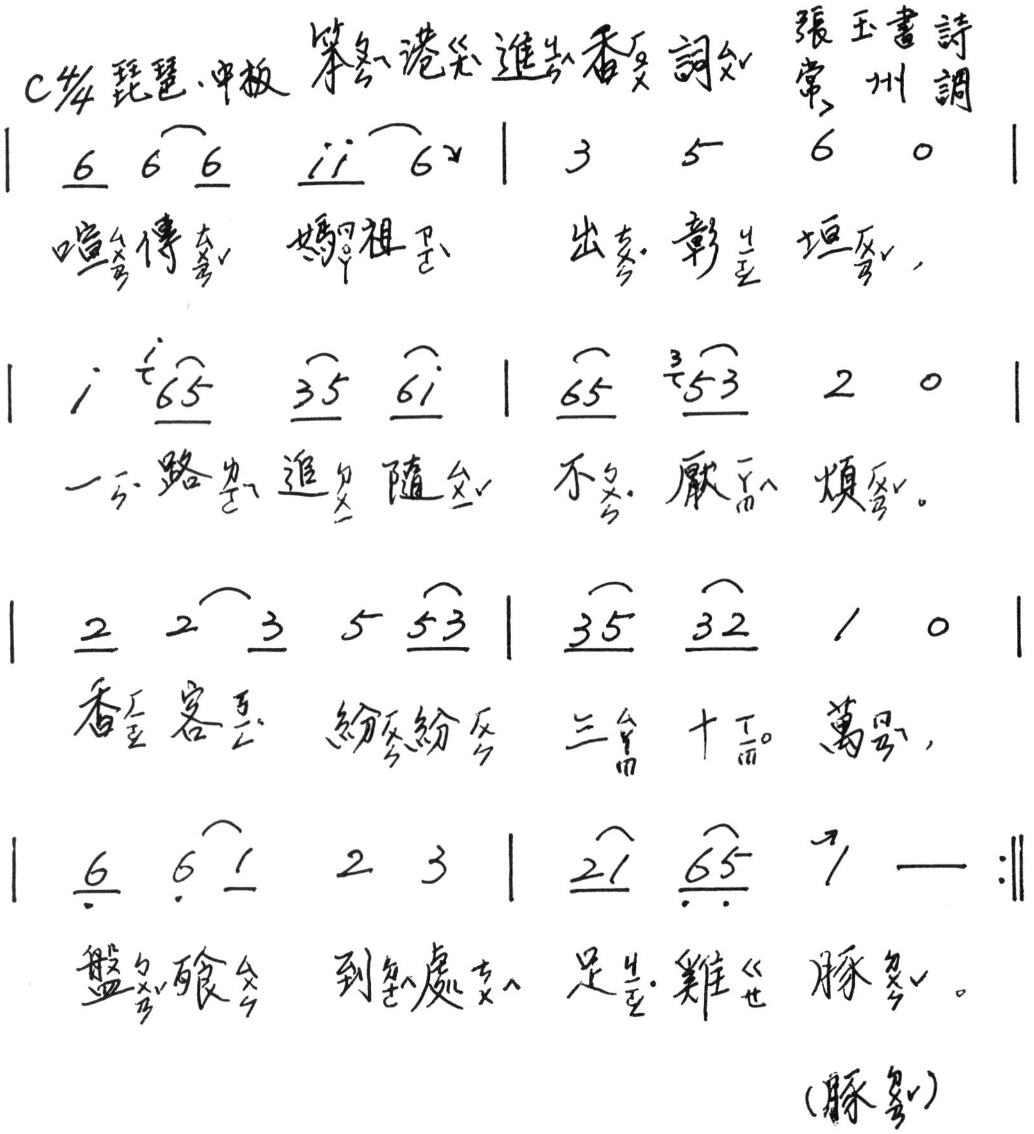
C 4/4 琵琶、中板
笨港進香詞
張玉書詩
常州調
喧傳媽祖出彰垣，
一路追隨不厭煩。
香客紛紛三十萬，
盤飧到處足雞豚。
（豚）

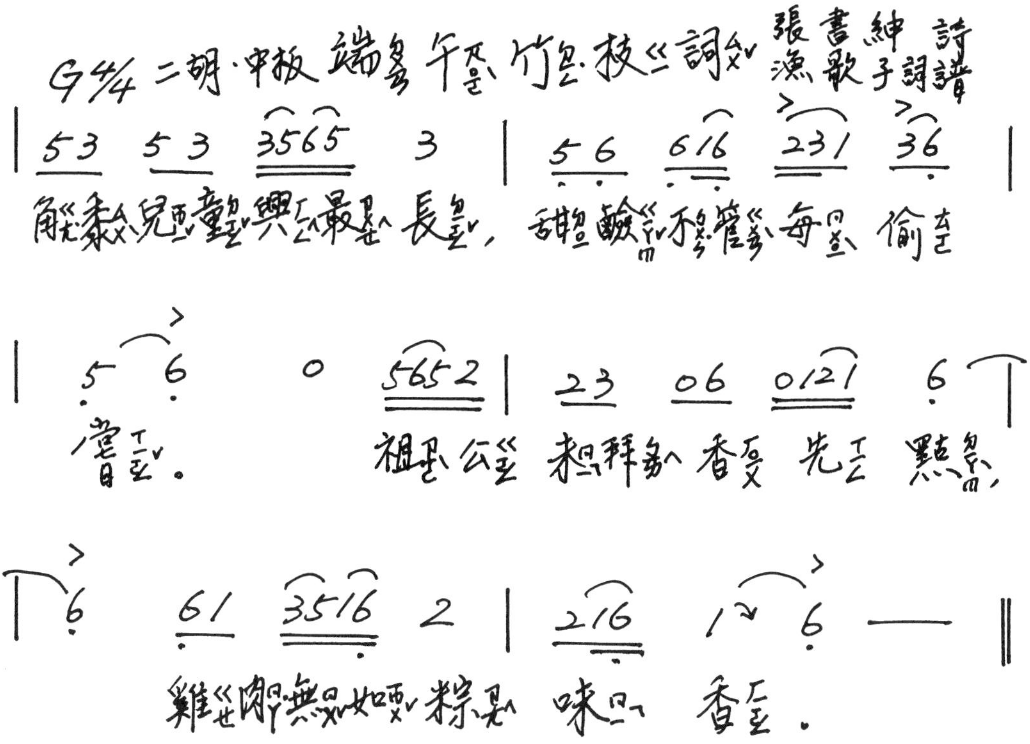
G 4/4 二胡·中板 端午竹枝詞
張書紳 詩
漁歌子 詞譜
角黍兒童興最長，甜鹹不管每偷嘗。
祖公想拜香先點，
雞肉無如粽味香。

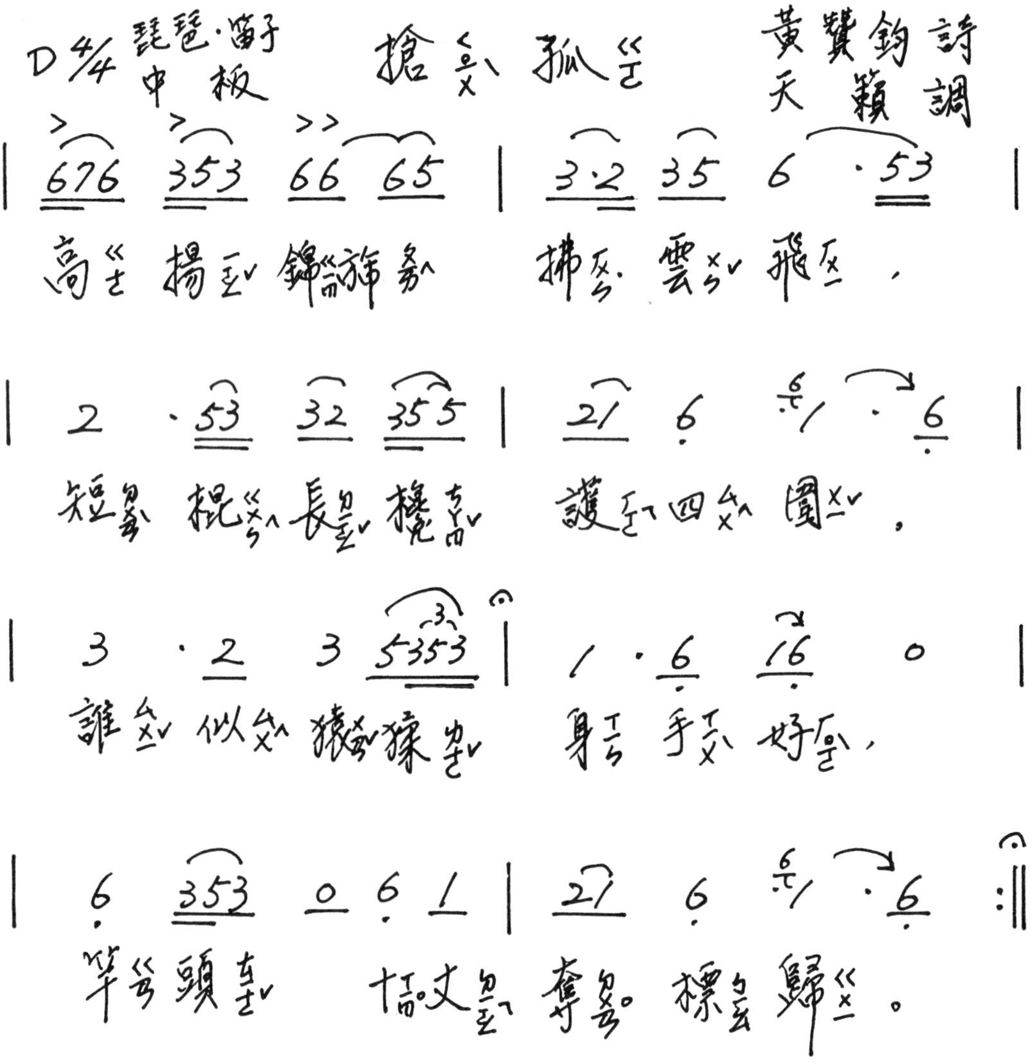

搶孤　　　　黃贊鈞 詩　天籟調

| 676 | 353 | 66 | 65 | 3 2 | 35 | 6 | ·53 |

高　揚　錦　旛　拂　雲　飛　．

| 2 | ·53 | 32 | 355 | 21 | 6 | · | 6 |

短　棍　長　橈　護　四　圍　．

| 3 | ·2 | 3 | 5353 | 1·6 | 16 | 0 |

誰　似　猿　猱　身　手　好　．

| 6 | 353 | 0 6 1 | 21 | 6 | · | 6 |

竿　頭　惜　力　奪　標　歸　．

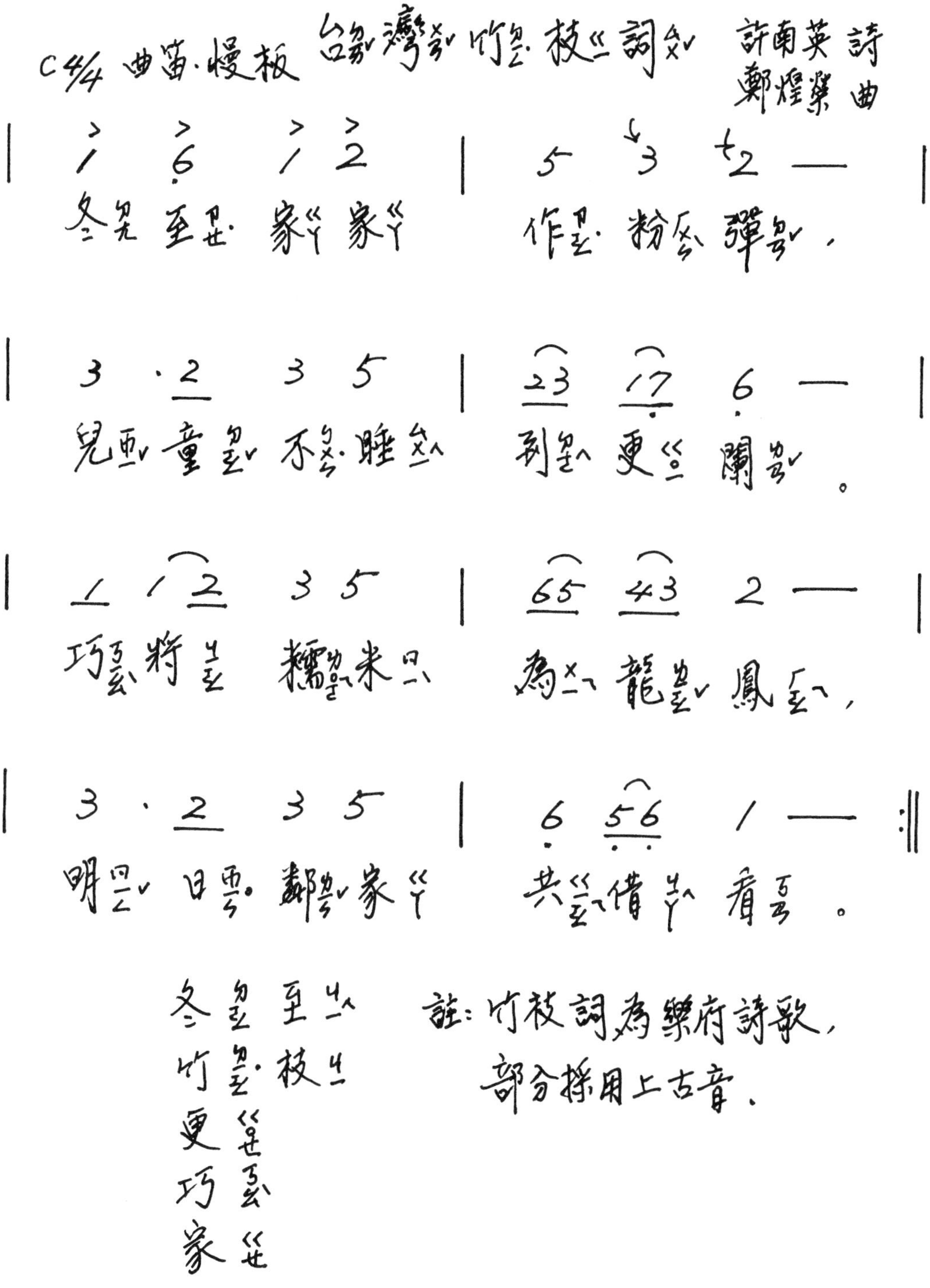
C 4/4 曲笛 慢板
台灣竹枝詞
許南英 詩
鄭煌榮 曲
冬至家家作粉彈，
兒童不睡到更闌。
巧將糯米為龍鳳，
明日鄰家共借看。
冬至
竹枝
更
巧
家
註：竹枝詞為樂府詩歌，
部分採用上古音。

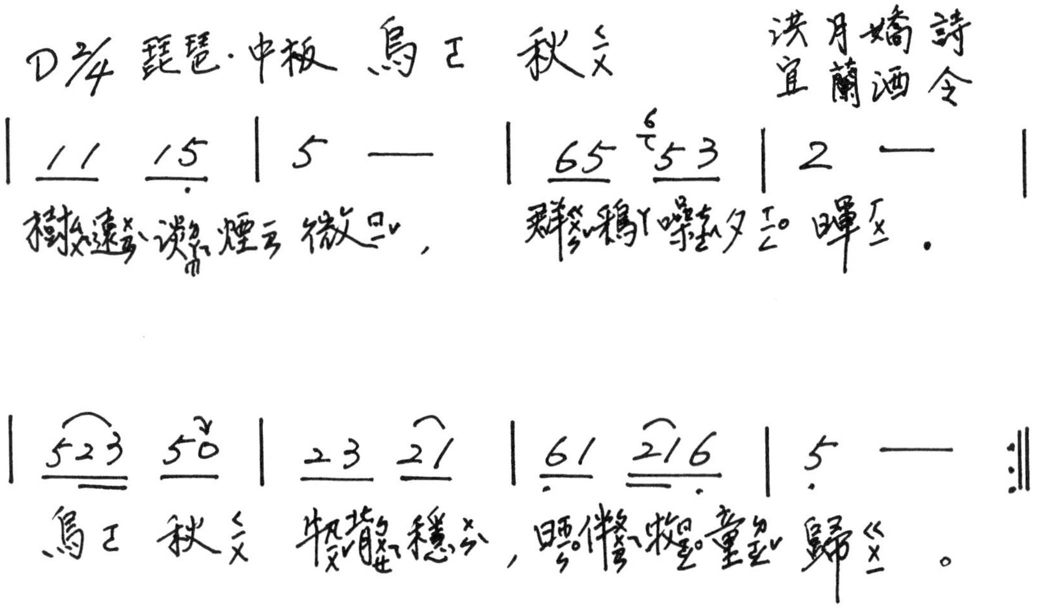
D 2/4 琵琶·中板 烏秋
洪月嬌詩
宜蘭酒令
樹遠淡煙微，群鴉噪夕暉．
烏秋牧背穩，嬰犢牧童歸。

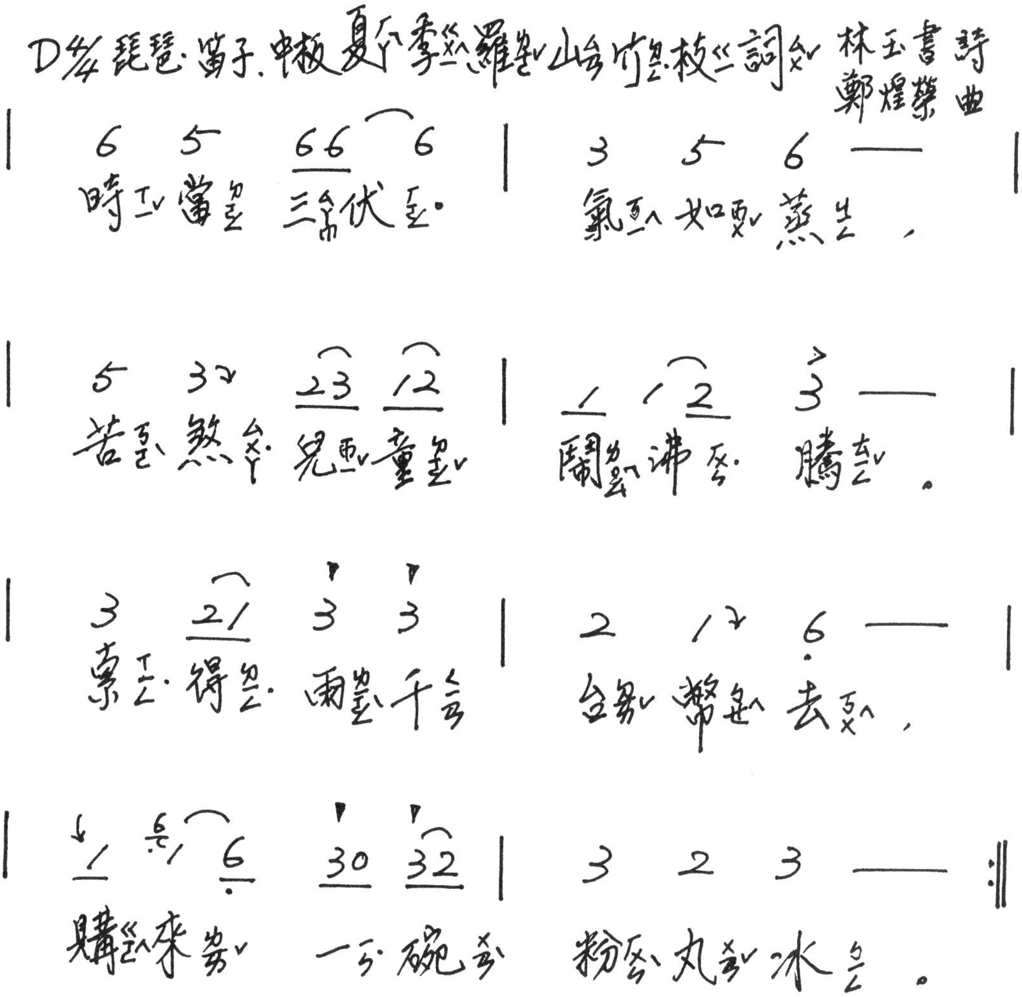
D 4/4 琵琶、笛子、中板
夏季羅山竹枝詞
林玉書 詩
鄭煌榮 曲
時當三伏氣如蒸，
苦熬兒童鬧沸騰。
索得雨千錢幣去，
購來一碗粉丸冰。

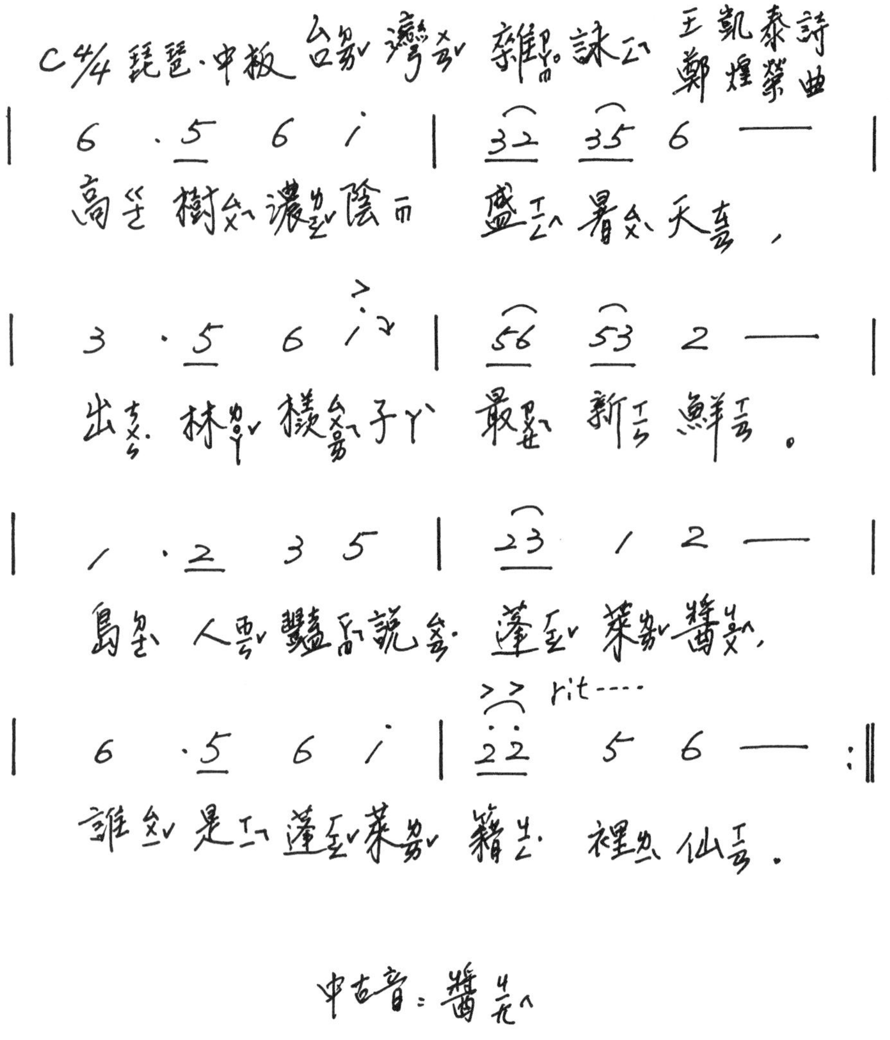
C 4/4 琵琶·中板
台灣雜詠
王凱泰詩
鄭煌榮曲
高樹濃陰盛暑天，
出林檨子最新鮮。
島人豔說蓬萊醬，
rit----
誰是蓬萊籍裡仙。
中古音：醬

G 4/4 中板 九月梅 林維丞 詩

四句聯·狀元樓譜

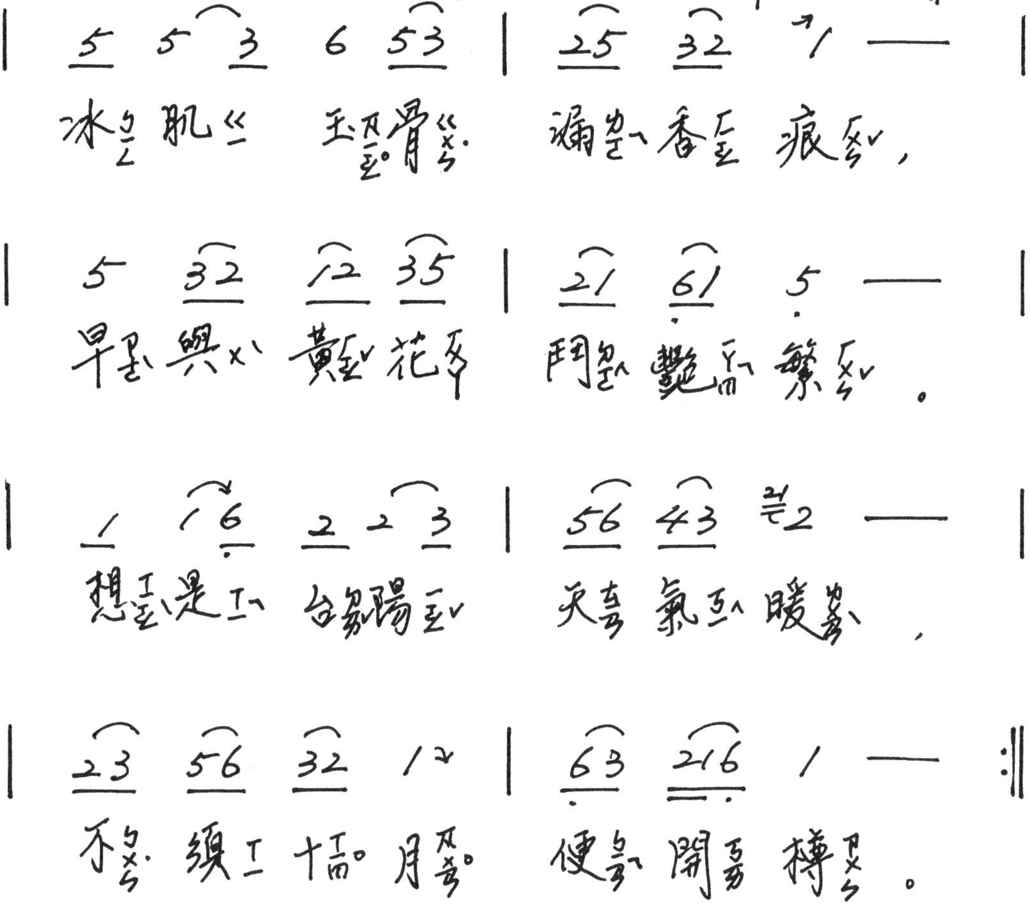

冰肌玉骨涌香痕，
早與黃花鬥艷繁。
想是台陽天氣暖，
不須十月便開樽。

中古音：梅

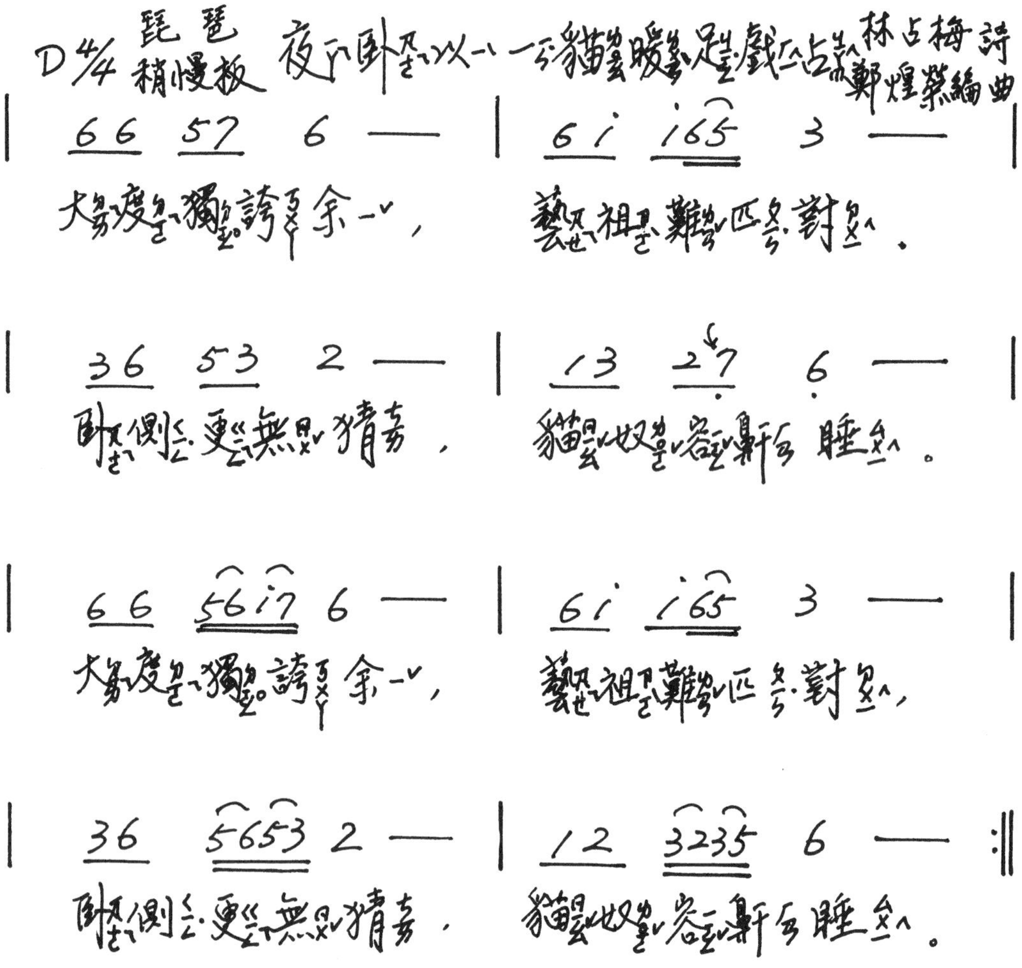
琵琶
D 4/4 稍慢板
夜臥以一貓暖足戲占
林占梅詩
鄭煌榮編曲
大度獨誇余，藝祖難匹對。
臥側更無猜，貓奴容斯睡。
大度獨誇余，藝祖難匹對，
臥側更無猜，貓奴容斯睡。

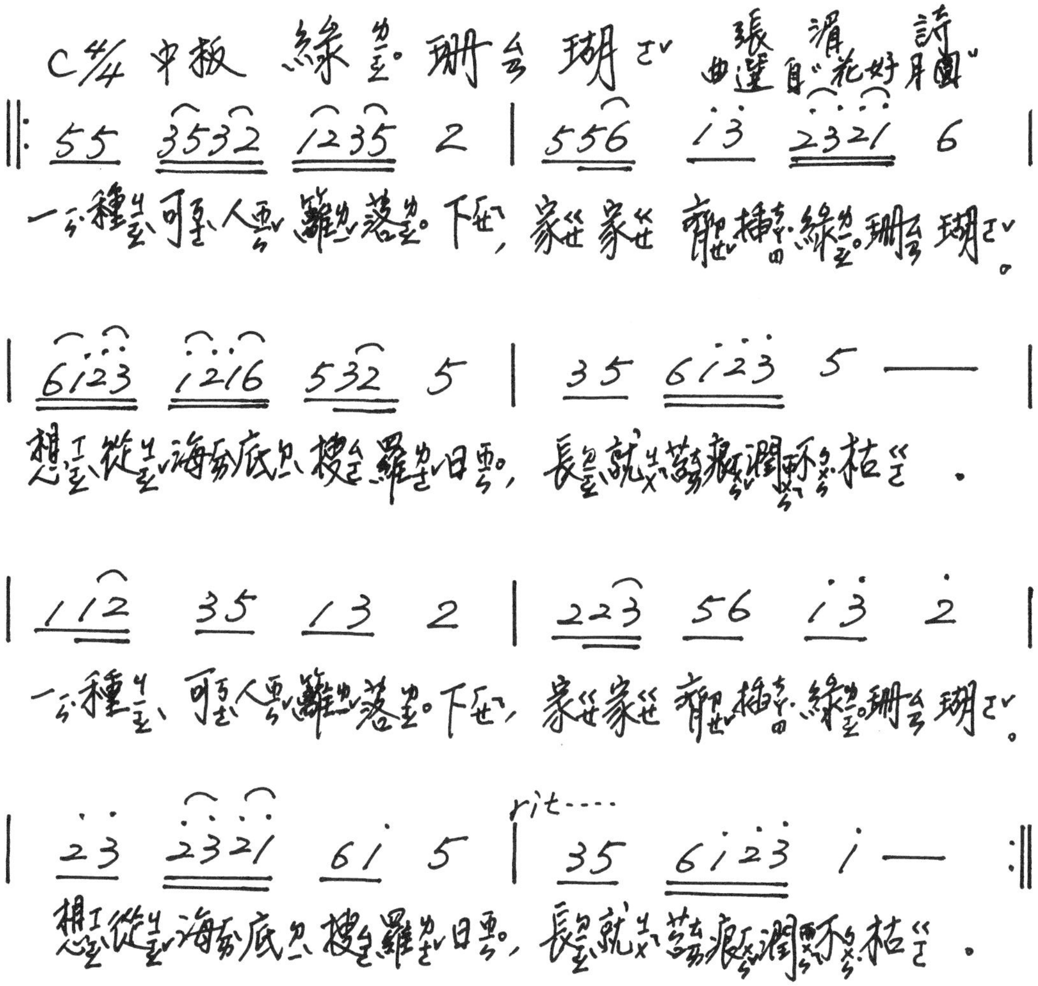
C 4/4 中板 綠珊瑚
張渭詩
曲選自花好月圓
一種可人難落下，家家齊插綠珊瑚。
想從海底樓羅日，長就蕭疏潤不枯。
一種可人難落下，家家齊插綠珊瑚。
想從海底樓羅日，長就蕭疏潤不枯。

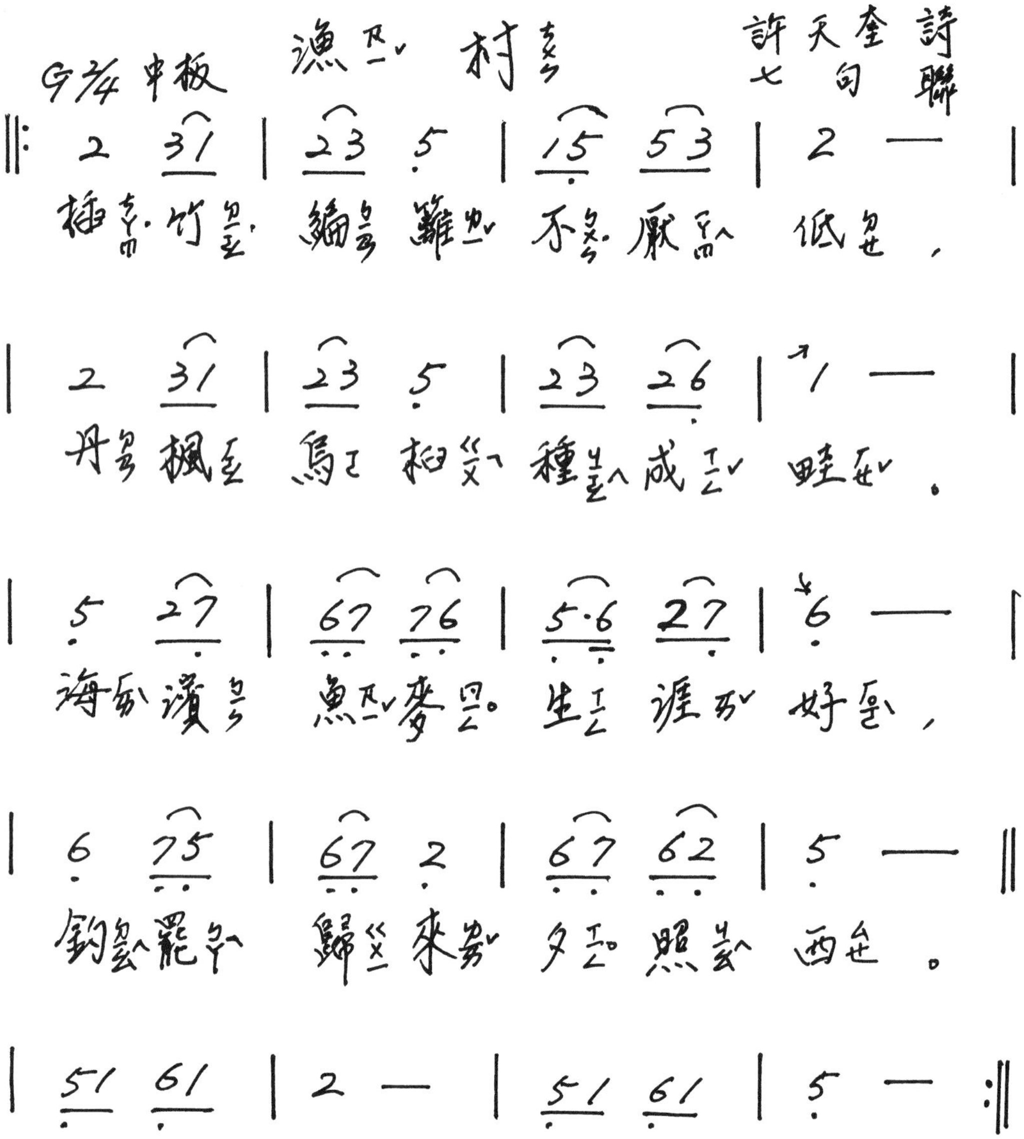

G 2/4 中板　　漁村　　　　　　許天奎 詩　七句聯

‖: 2 3̂1 | 2̂3 5 | 1̂5 5̂3 | 2 — |
插　竹　編　籬　不　厭　低

| 2 3̂1 | 2̂3 5 | 2̂3 2̂6 | 1 — |
丹　楓　鳥　柏　種　成　畦

| 5 2̂7 | 6̂7 7̂6 | 5·6 2̂7 | 6 — |
海　賓　魚　麥　生　誰　好

| 6 7̂5 | 6̂7 2 | 6̂7 6̂2 | 5 — ‖
釣　罷　歸　來　夕　照　西

| 5̂1 6̂1 | 2 — | 5̂1 6̂1 | 5 — :‖

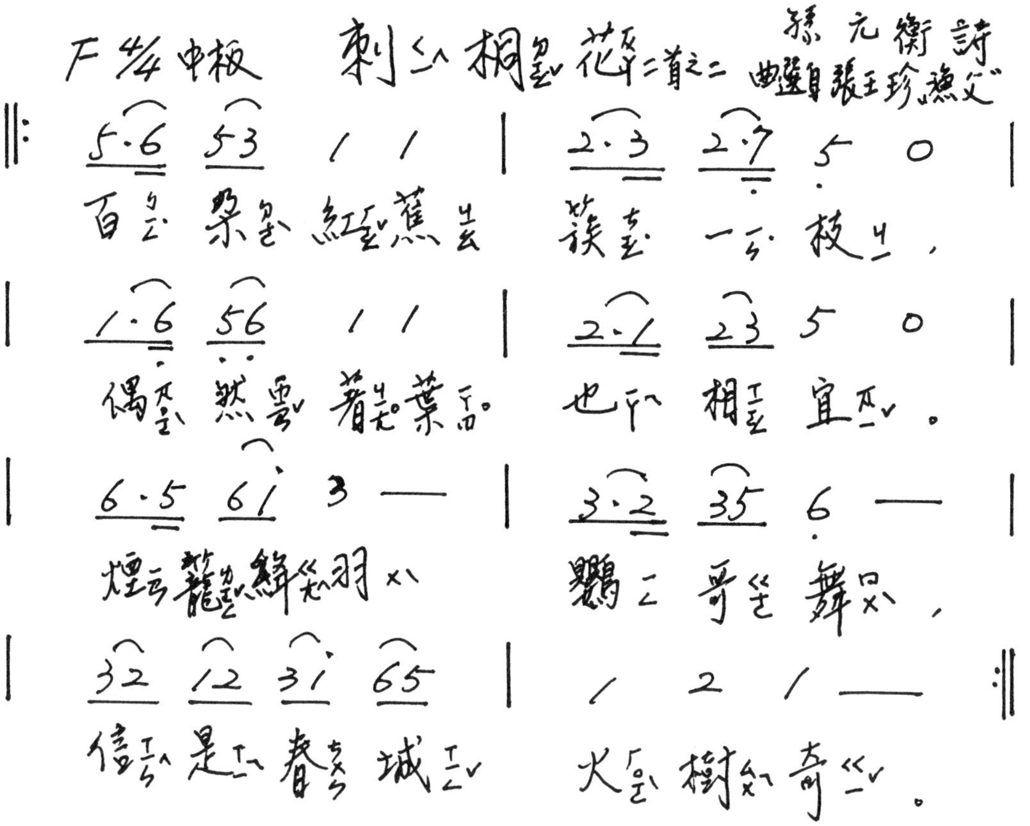
F 4/4 中板
刺桐花 二首之二
孫元衡詩
曲選自張玉珍譜
百朵紅蕉簇一枝，
偶然著葉也相宜。
煙籠鮮羽鸚哥舞，
信是春城火樹奇。

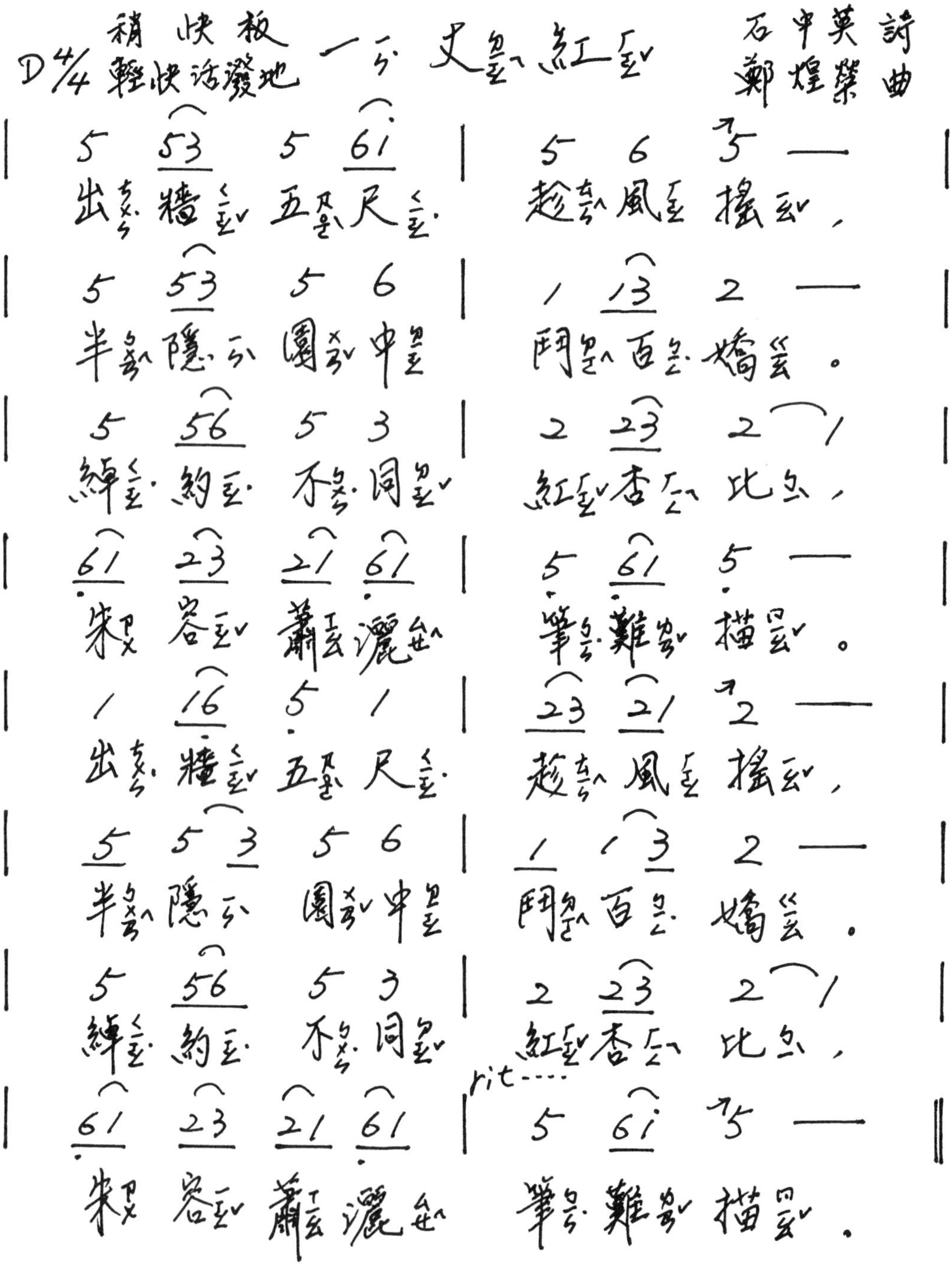

稍 快 板
D 4/4 輕快活潑地

石　中英　詩
鄭　煌榮　曲

5	53	5	61		5	6	5	—
出	牆	五	尺		趁	風	搖	

5	53	5	6
半	隱	圍	中

問 百 嬌　1 13 2 —

5	56	5	3
縴	約	不	同

紅 杏 比　2 23 2 1

61	23	21	61
朱	容	蕭	灑

筆 難 描　5 61 5 —

出 牆 五 尺　1 16 5 1

趁 風 搖　23 21 2

半 隱 圍 中　5 53 5 6

問 百 嬌　1 13 2 —

縴 約 不 同　5 56 5 3

紅 杏 比　2 23 2 1
rit....

朱 容 蕭 灑　61 23 21 61

筆 難 描　5 61 5 —

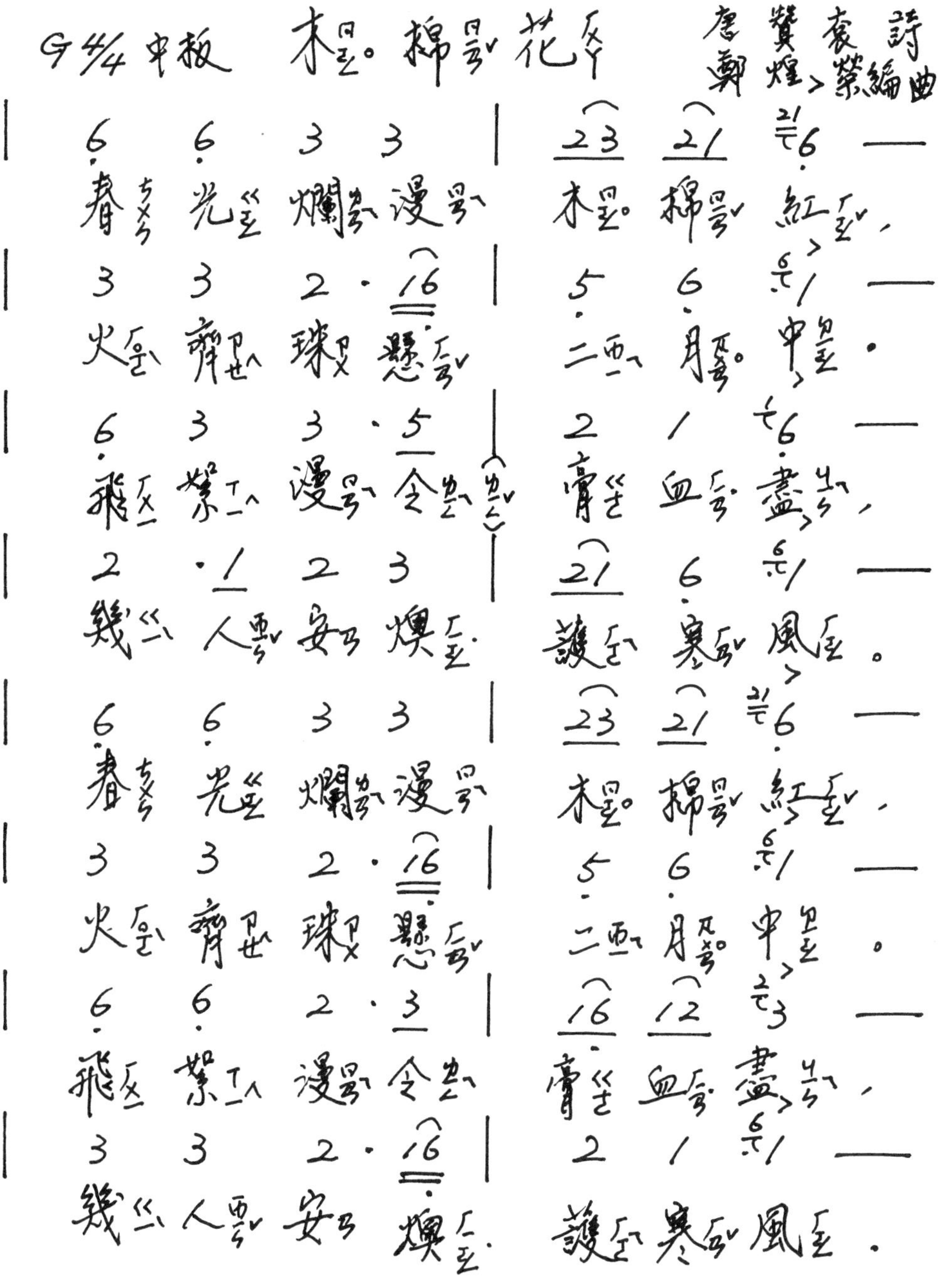
G 4/4 中板
木棉花
唐贊袞詩
鄭煌榮編曲
春光爛漫木棉紅，
火齊珠懸二月中。
飛葉漫含膏血盡，
幾人安燠護寒風。
春光爛漫木棉紅，
火齊珠懸二月中。
飛葉漫含膏血盡，
幾人安燠護寒風。

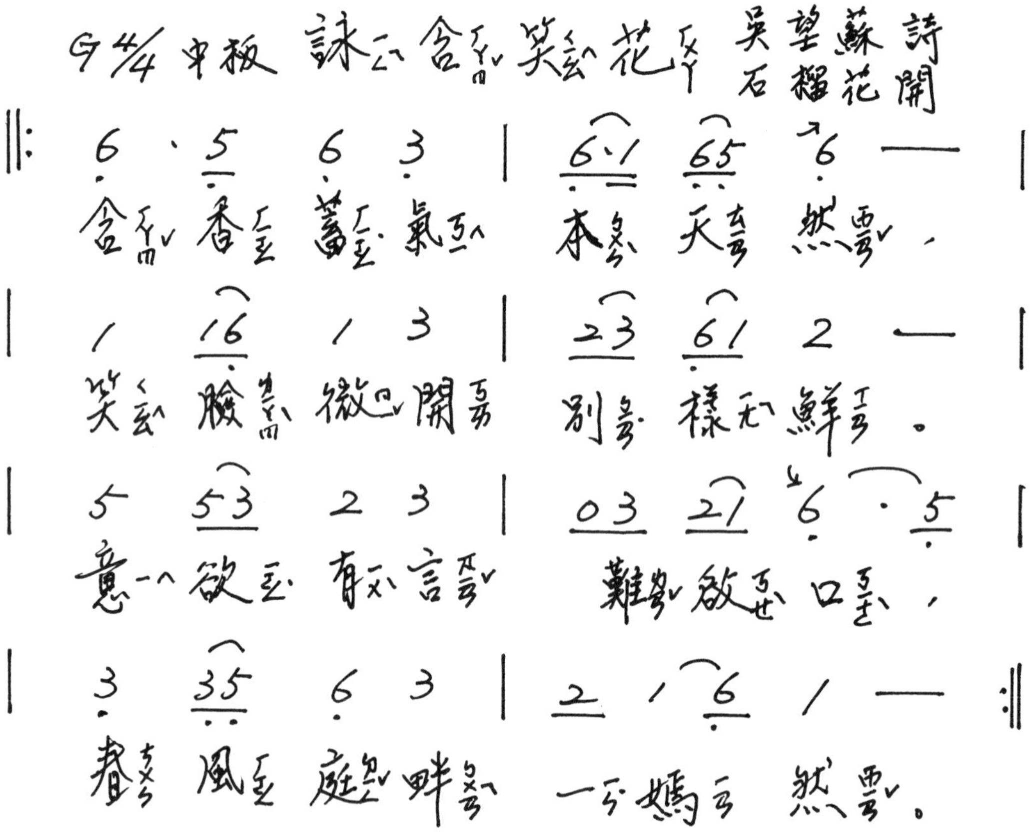
G 4/4 中板 詠含笑花
吳望蘇詩
石榴花開
含香蕊氣本天然，
笑臉微開別樣鮮。
意欲有言難啟口，
春風庭畔一嫣然。

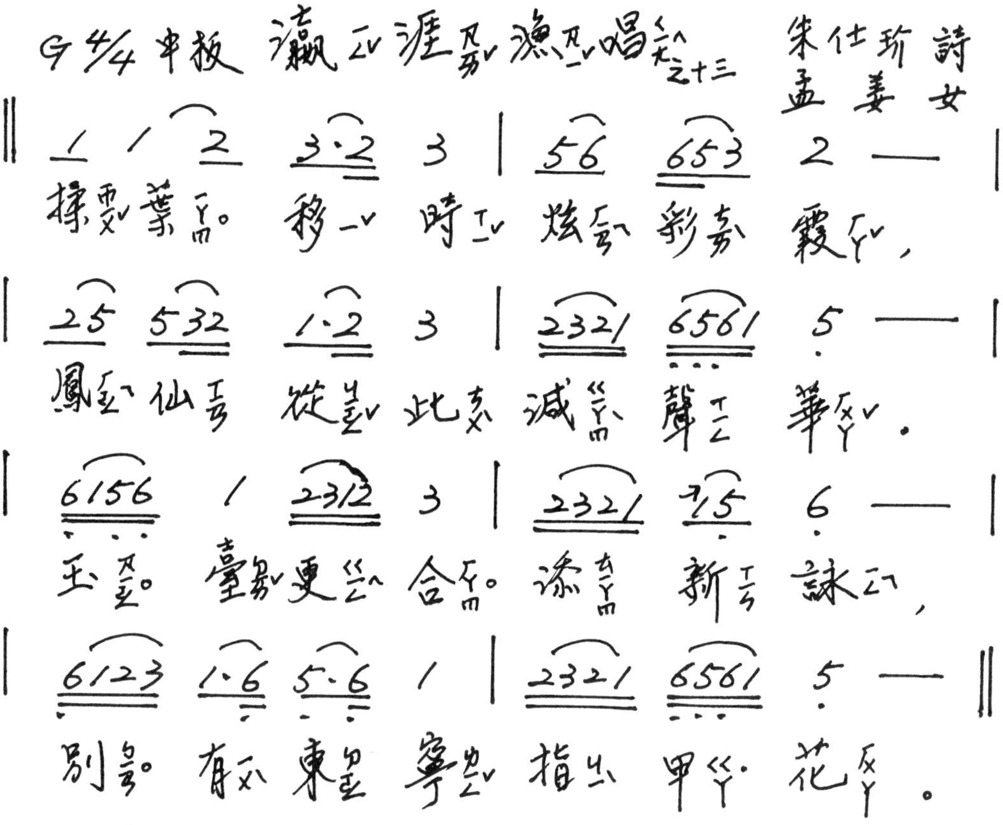
G 4/4 中板 瀛涯漁唱之十三
朱仕玠 詩
孟姜女
採葉移時炫彩霞，
鳳仙從此減聲華。
玉臺更合添新詠，
別有東寧指甲花。

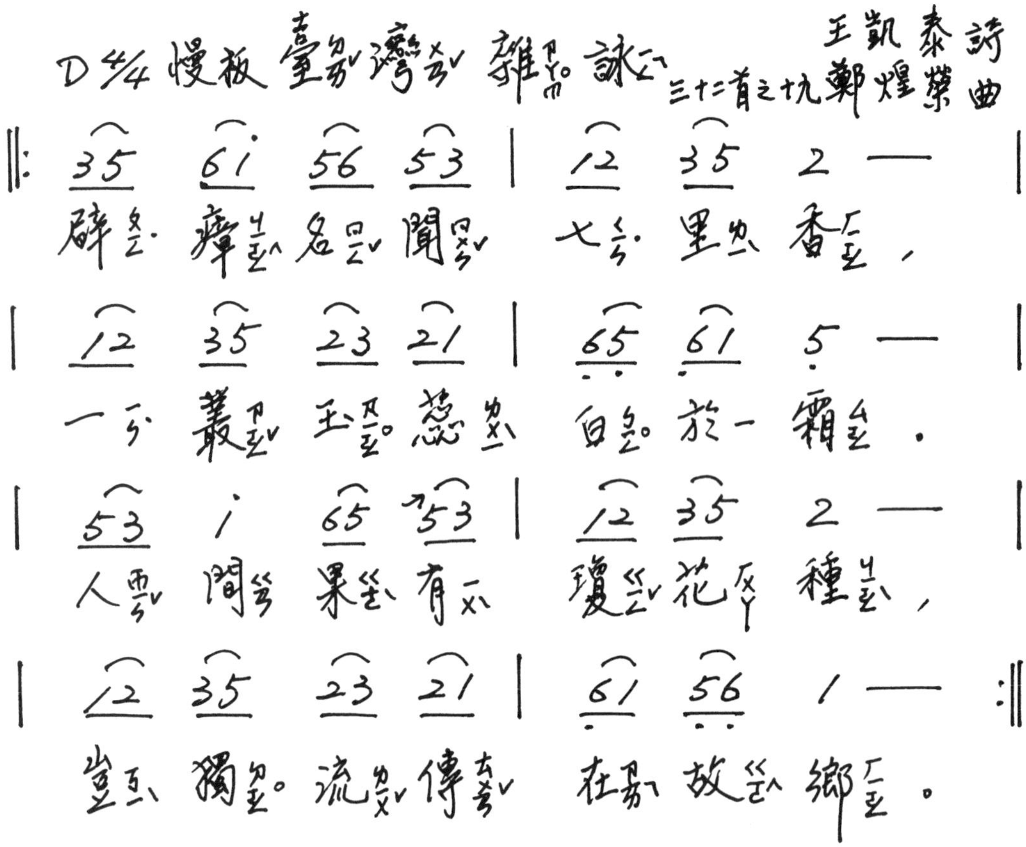

D 4/4 慢板　臺灣雜詠

王凱泰 詩
三十二首之十九 鄭煌榮 曲

‖: 3̂5　6̂1　5̂6　5̂3 ｜ 1̂2　3̂5　2　— ｜
辟　瘴　名　聞　七　里　香，

｜ 1̂2　3̂5　2̂3　2̂1 ｜ 6̂5　6̂1　5　— ｜
一　叢　玉　蕊　白　於　霜．

｜ 5̂3　i　6̂5　5̂3 ｜ 1̂2　3̂5　2　— ｜
人　間　果　有　瓊　花　種，

｜ 1̂2　3̂5　2̂3　2̂1 ｜ 6̂1　5̂6　i　— :‖
豈　獨　流　傳　在　故　鄉．

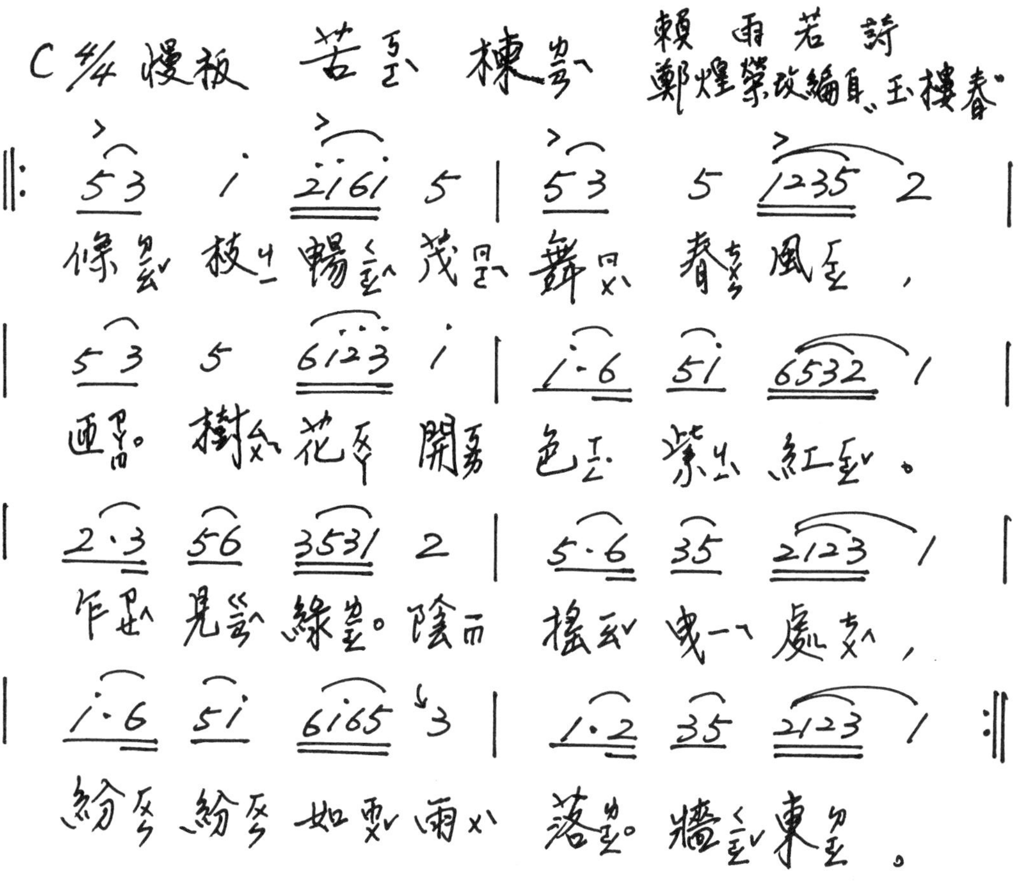

C 4/4 慢板 苦楝
賴雨若詩
鄭煌榮改編自、玉樓春
條枝暢茂舞春風，
匝樹花開色紫紅。
乍見綠陰搖曳處，
紛紛如雨落牆東。

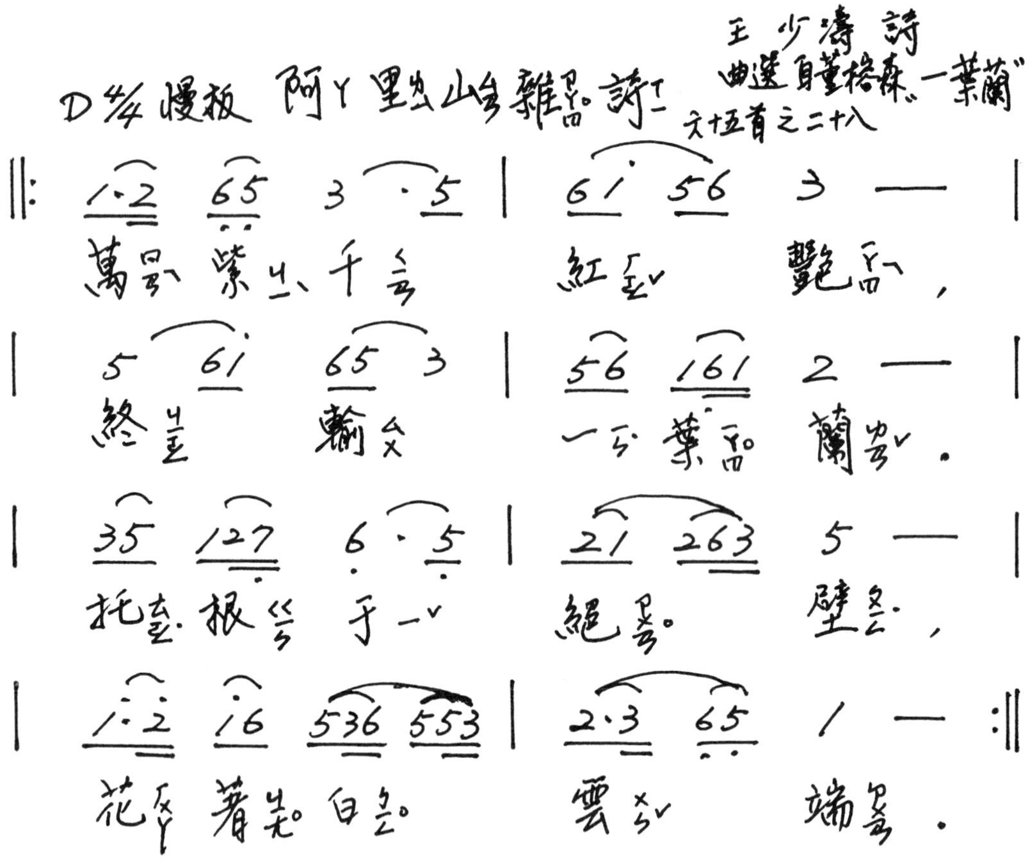
D 4/4 慢板 阿里山雜詩
王少濤 詩
曲選自董格森《一葉蘭》
六十五首之二十八
萬紫千紅艷，
終輸一葉蘭。
托根千絕壁，
花著白雲端。

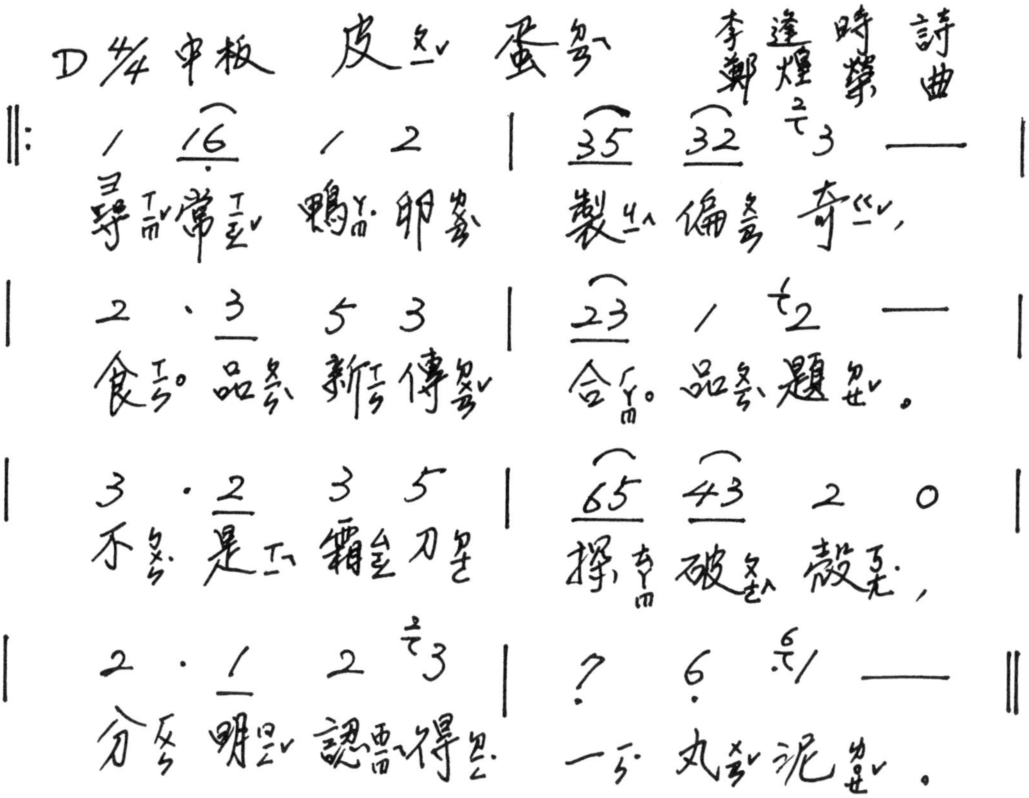
D 4/4 中板
皮蛋
李逢時 詩
鄭煌榮 曲
尋常鴨卵製偏奇，
食品新傳合品題。
不是霜刀探破殼，
分明認得一丸泥。

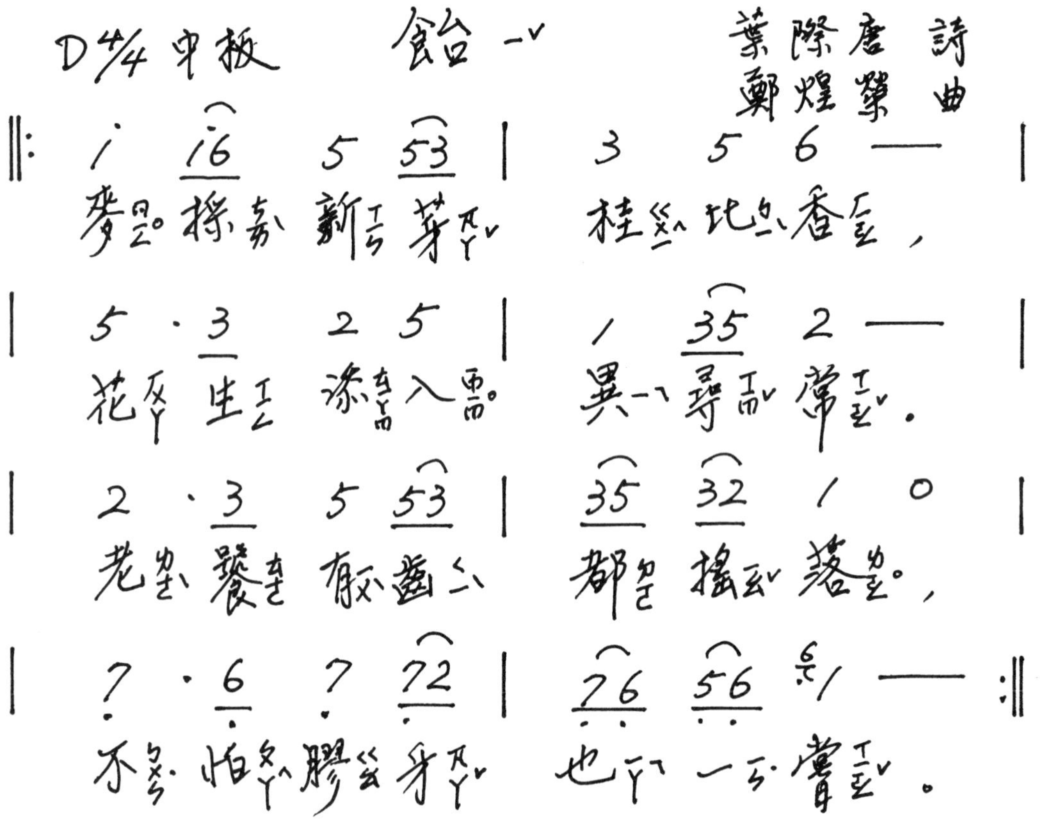
D 4/4 中板
飴
葉際唐 詩
鄭煌榮 曲
麥採新芽桂比香，
花生添入異尋常。
老饕有齒都搖落，
不怕膠牙也一嘗。

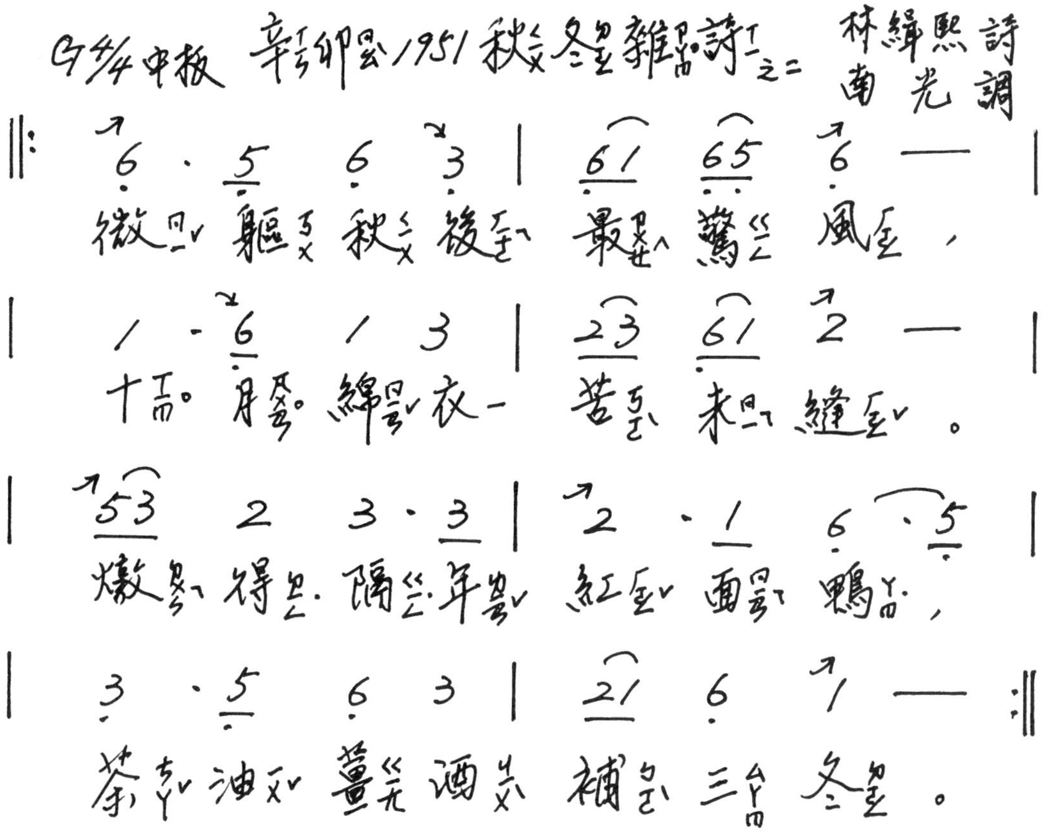
G 4/4 中板 辛卯1951秋冬雜詩之二
林緝熙詩
南光調
微軀秋後最驚風，
十月綿衣苦未縫。
燉得陽年紅面鴨，
茶油薑酒補三冬。

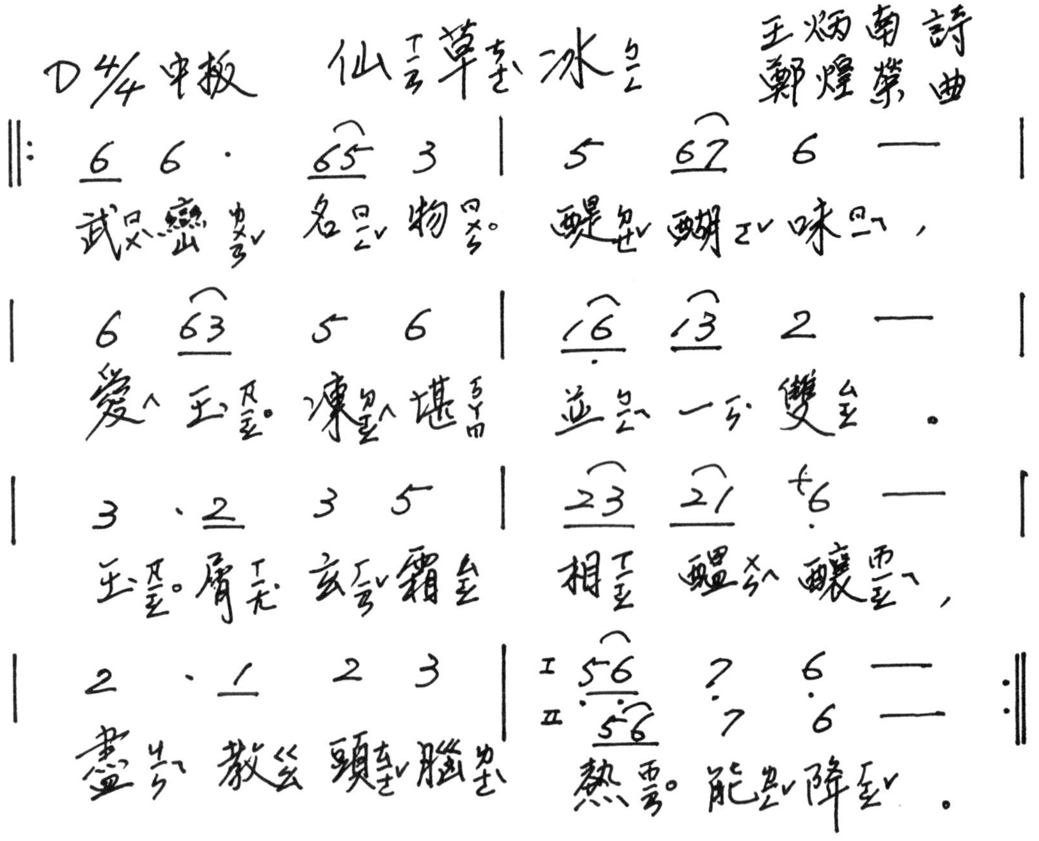

D 4/4 中板　　　仙草冰　　　　　王炳南 詩
　　　　　　　　　　　　　　　　鄭煌榮 曲

‖: 6　6· 65　3 | 5　67　6　— |
武　靈　名　物。　醒　糊　味，

| 6　63　5　6 | 6　13　2　— |
愛　玉　凍　堪　並　一　雙　。

| 3· 2　3　5 | 23　21　6　— |
玉　屑　玄　霜　相　醍　醸，

| 2· 1　2　3 | Ⅰ 56　7　6　— |
　　　　　　　　　　 Ⅱ 56　7　6　— :‖
盡　教　頭　腦　熱　能　降　。

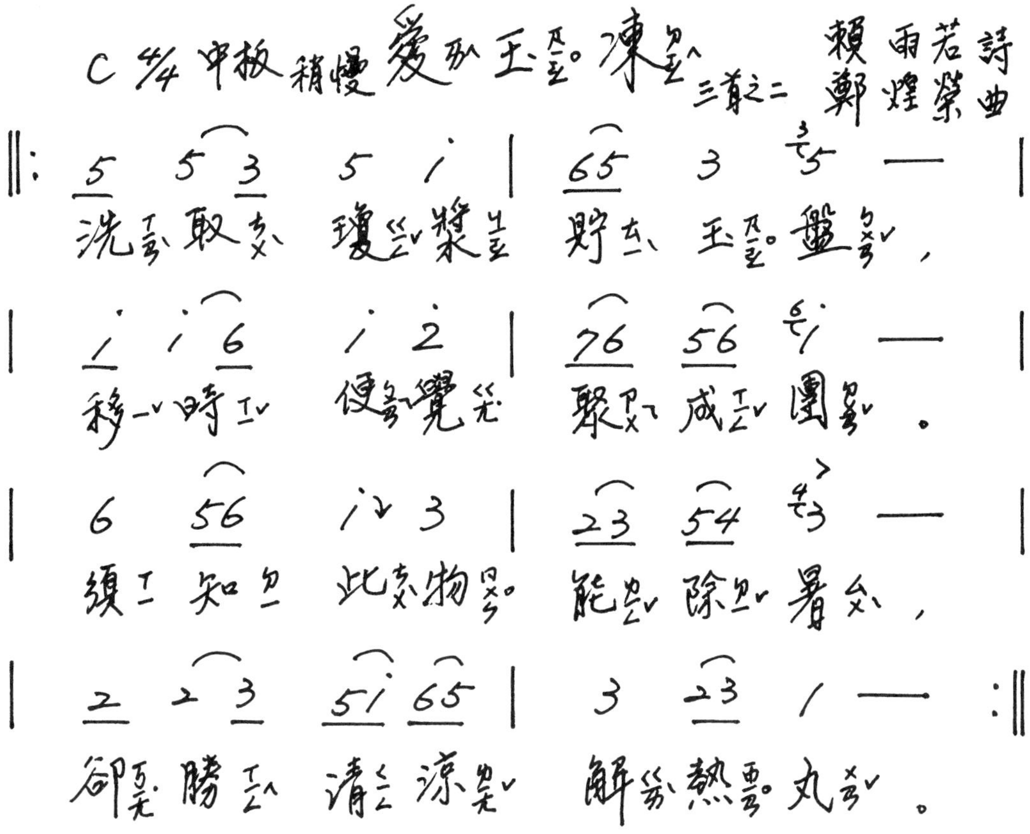
C 4/4 中板 稍慢
愛玉凍 三首之二
賴雨若詩
鄭煌榮曲
洗取瓊漿貯玉盤，
移時便覺聚成團。
須知此物能除暑，
卻勝清涼解熱丸。

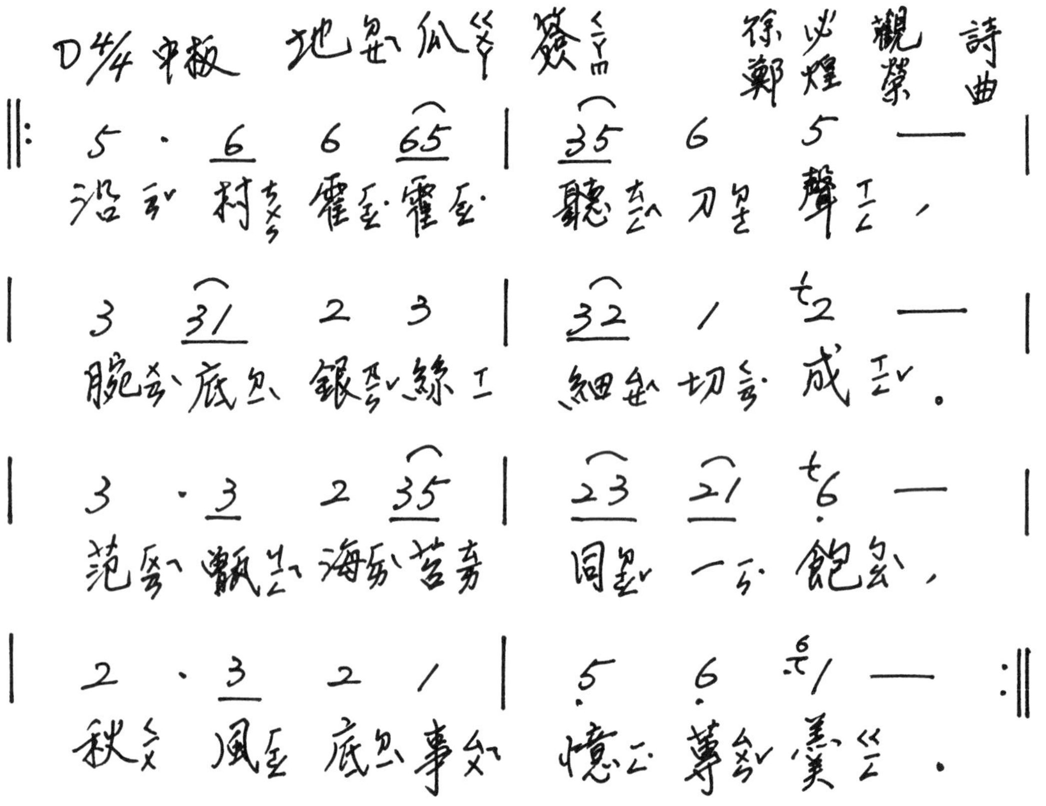
D 4/4 中板 地瓜簽
徐必觀 詩
鄭煌榮 曲
沿村霍霍聽刀聲，
腕底銀絲細切成。
范蠡海苔同一飽，
秋風底事憶蓴羹。

D慢板 詠海螺

唐贊袞詩
靜夜思調譜

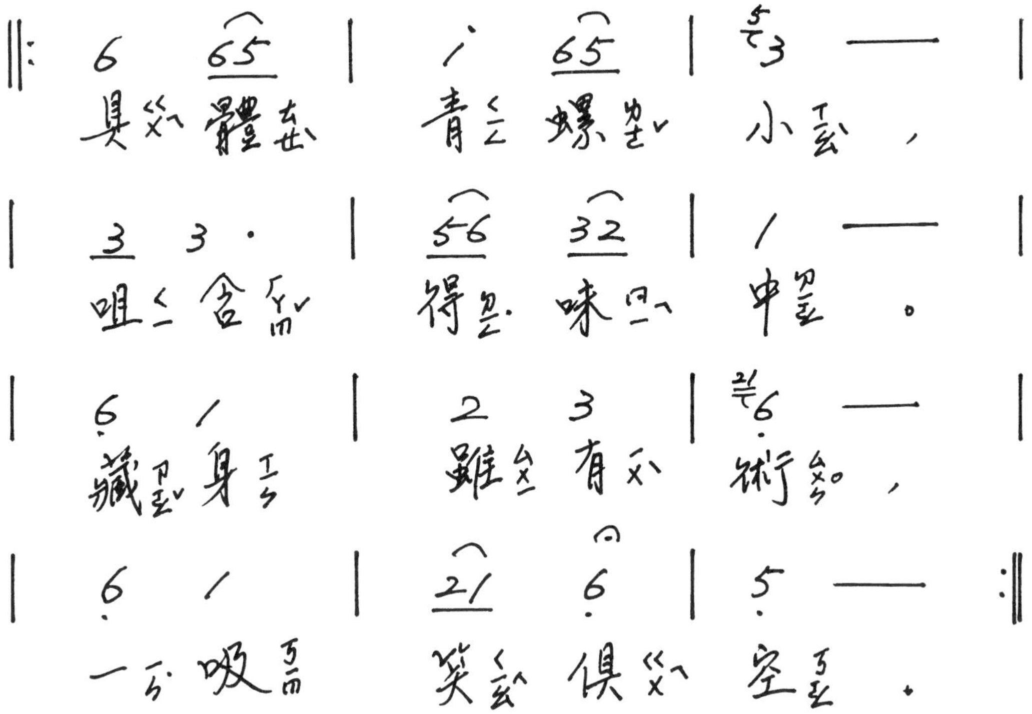

貝體青螺小，
咀含得味中。
藏身雖有術，
一吸笑俱空。

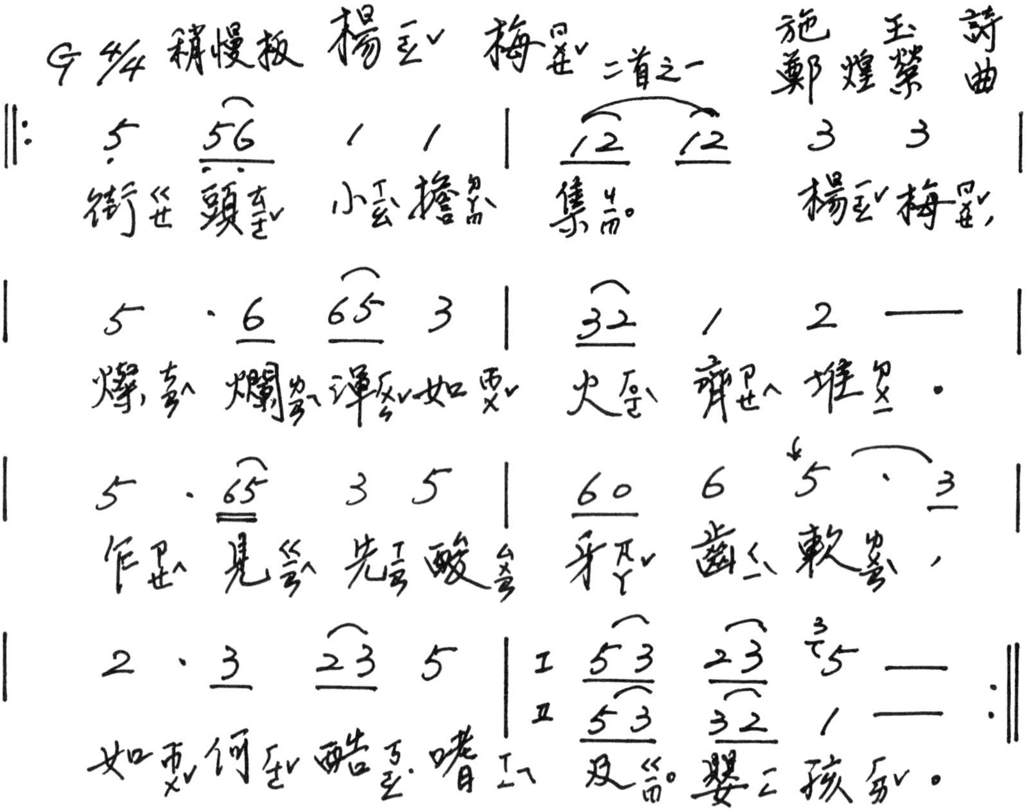
G 4/4 稍慢板 楊梅 二首之一
施玉 詩
鄭煌榮 曲
街頭小擔集。楊梅
燦爛渾如火齊堆。
作見先酸牙齒軟，
如何酷嗜及嬰孩。

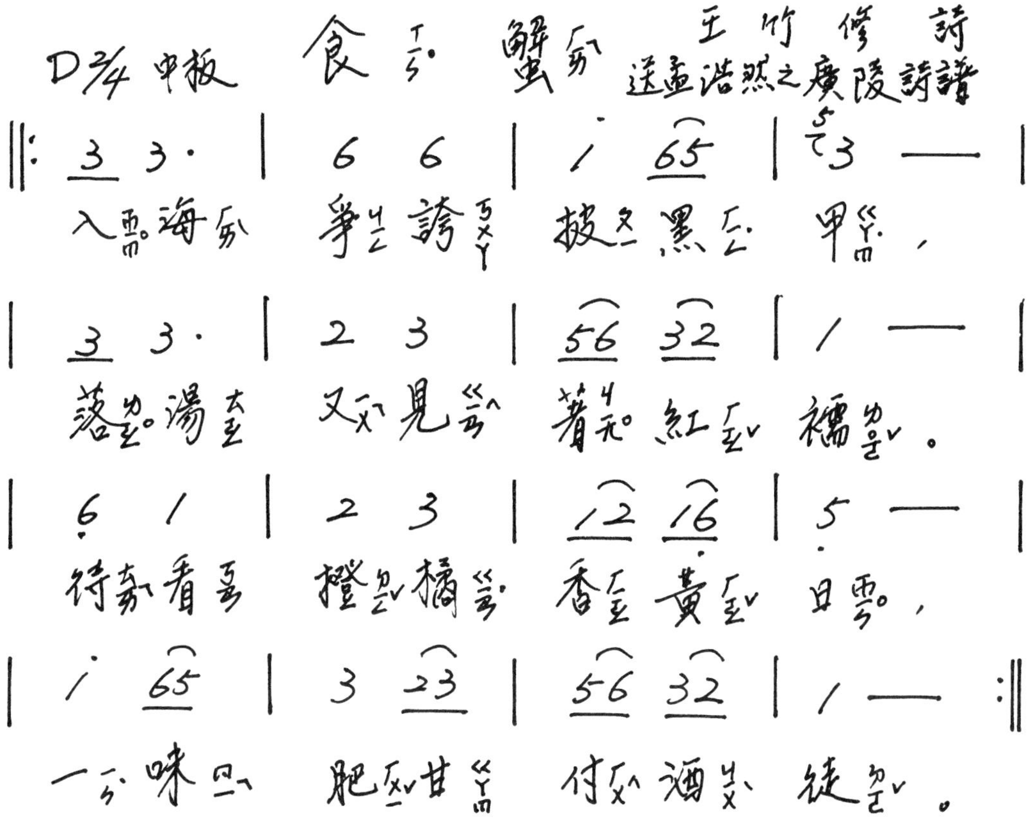
D 2/4 中板
食蟹
王竹修詩
送孟浩然之廣陵詩譜
入海爭誇披黑甲，
落湯又見著紅襦。
待看橙橘香黃日，
一味肥甘付酒徒。

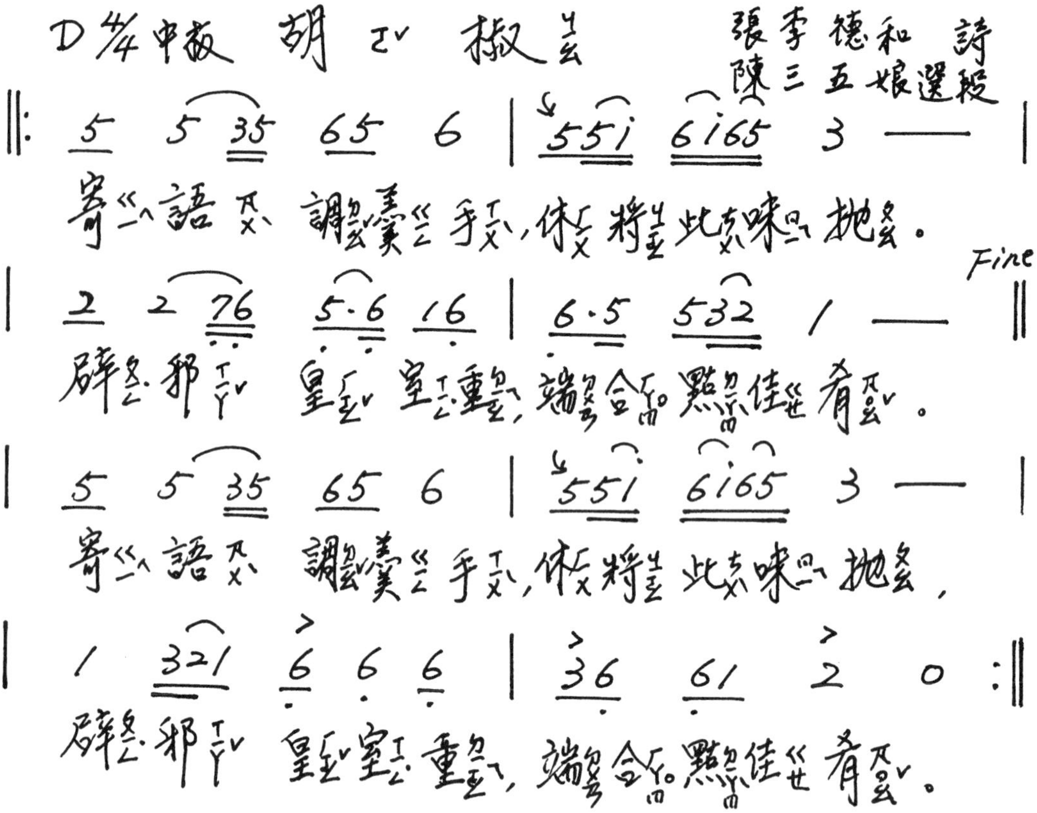
D 4/4 中板 胡椒
張李德和 詩
陳三五娘選段
寄語調羹手，休將此味拋。
Fine
辟邪皇室重，端合點佳肴。
寄語調羹手，休將此味拋，
辟邪皇室重，端合點佳肴。

國家圖書館出版品預行編目(CIP)資料

詩詞吟唱創作專集／鄭煌榮著. --初版. --臺北市：
五南圖書出版股份有限公司, 2023.11
面； 公分
ISBN 978-626-366-749-5(平裝)

813.1 112018138

4X35

詩詞吟唱創作專集

作　　者－鄭煌榮
發 行 人－楊榮川
總 經 理－楊士清
總 編 輯－楊秀麗
副總編輯－黃文瓊
編　　輯－吳雨潔
封面設計－姚孝慈
美術設計－姚孝慈
出 版 者－五南圖書出版股份有限公司
地　　址：106臺北市大安區和平東路二段339號4樓
電　　話：(02)2705-5066　傳　真：(02)2706-6100
網　　址：https://www.wunan.com.tw
電子郵件：wunan@wunan.com.tw
劃撥帳號：01068953
戶　　名：五南圖書出版股份有限公司
法律顧問　林勝安律師
出版日期　2023年11月初版一刷
定　　價　新臺幣250元

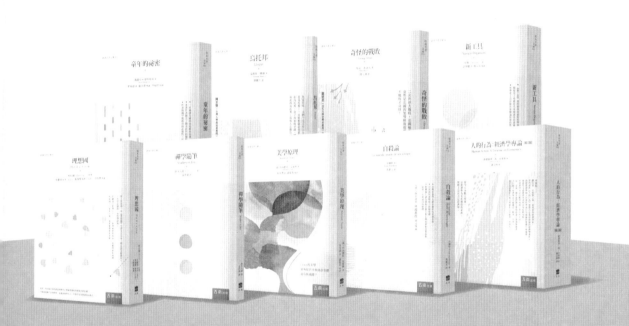